KB025020

낭송

강원도의 옛이야기

이 책은 한국학중앙연구원(www.aks.ac.kr)이 설화, 민요, 무가 등의 구비문학 자료를 수집정리하여 출간한 '한국구비문학대계' 85권(1980~1992년 발행) 가운데 『한국구비문학대계 2-1 강원도 강릉시·명주군편』, 『한국구비문학대계 2-2 강원도 춘천시·춘성군편』, 『한국구비문학대계 2-3 강원도 삼척군편』, 『한국구비문학대계 2-4~2-5 강원도 속초시·양양군편』, 『한국구비문학대계 2-6~2-7 강원도 횡성군편』, 『한국구비문학대계 2-8~2-9 강원도 영월군편』에서 풀어 읽은이가 선별하여 내용을 추리고 낭송에 적합하도록 윤문한 것으로, 한국학중앙연구원의 저작물 이용허락을 받았습니다.

낭송Q시리즈 민담·설화편 **낭송 강원도의 옛이야기**

발행일 초판1쇄 2020년 10월 28일(庚子年 丙戌月 甲辰日) | **풀어 읽은이** 민순기 |
펴낸곳 북드라망 | **펴낸이** 김현경 | **주소** 서울시 종로구 사직로8길 24 1221호(내수동, 경희궁의아침 2단지) |
전화 02-739-9918 | **이메일** bookdramang@gmail.com

ISBN 979-11-90351-33-1 04810 979-11-86851-49-4(세트) | 이 도서의 국립중앙도서관 출판시도서목록(CIP)은 서지정보유통지원시스템 홈페이지(http://seoji.nl.go.kr)와 국가자료공동목록시스템(http://www.nl.go.kr/kolisnet)에서 이용하실 수 있습니다.(CIP제어번호: CIP2020043092) | 이 책은 지은이와 북드라망의 독점계약에 의해 출간되었으므로 무단전재와 무단복제를 금합니다. 잘못 만들어진 책은 서점에서 바꿔드립니다.

책으로 여는 지혜의 인드라망, 북드라망 **www.bookdramang.com**

낭송
Q
시리즈

민담·설화편
09

江原道

낭송
강원도의 옛이야기

민순기
풀어
읽음

티

▶낭송Q시리즈 민담·설화편 『낭송 강원도의 옛이야기』 사용설명서◀

1. '낭송Q'시리즈의 '낭송Q'는 '낭송의 달인 호모 큐라스'의 약자입니다. '큐라스'(curas)는 '케어'(care)의 어원인 라틴어로 배려, 보살핌, 관리, 집필, 치유 등의 뜻이 있습니다. '호모 큐라스'는 고전평론가 고미숙이 만든 조어로, 자기배려를 하는 사람, 즉 자신의 욕망과 호흡의 불균형을 조절하는 능력을 지닌 사람을 뜻하며, 낭송의 달인이 호모 큐라스인 까닭은 고전을 낭송함으로써 내 몸과 우주가 감응하게 하는 것이야말로 최고의 양생법이자, 자기배려이기 때문입니다(낭송의 인문학적 배경에 대해 더 궁금하신 분들은 고미숙의 『낭송의 달인 호모 큐라스』를 참고해 주십시오).

2. 낭송Q시리즈는 '낭송'을 위한 책입니다. 따라서 이 책은 꼭 소리 내어 읽어 주시고, 나아가 짧은 구절이라도 암송해 보실 때 더욱 빛을 발합니다. 머리와 입이 하나가 되어 책이 없어도 내 몸 안에서 소리가 흘러나오는 것, 그것이 바로 낭송입니다. 이를 위해 낭송Q시리즈의 책들은 모두 수십 개의 짧은 장들로 이루어져 있습니다. 암송에 도전해 볼 수 있는 분량들로 나누어 각 고전의 맛을 머리로, 몸으로 느낄 수 있도록 각 책의 '풀어 읽은이'들이 고심했습니다.

3. 최고의 양생법이자 새로운 독서법으로서의 '낭송'을 처음 세상에 알린 **낭송Q시리즈의 시즌 1**은 동청룡·남주작·서백호·북현무편으로 이루어져 있으며, 사계절의 기운을 담고 있는 것을 특징으로 합니다. 동청룡편에는 봄의 창조적 기운, 남주작편에는 여름의 발산력과 화려함, 서백호편에는 가을의 결단력, 북현무편에는 지혜와 상상력을 키울 수 있는 고요함을 품은 고전들이 속해 있습니다. 각 편 서두에는 판소리계 소설을, 마무리에는 네 편으로 나눈 『동의보감』을 하나씩 넣었고, 그 사이에 유교와 불교의 경전, 동아시아 최고의 명문장들을 배열했습니다.

▷ 동청룡 : 『낭송 춘향전』, 『낭송 논어/맹자』, 『낭송 아함경』, 『낭송 열자』, 『낭송 열하일기』, 『낭송 전습록』, 『낭송 동의보감 내경편』

▷ 남주작 : 『낭송 변강쇠가/적벽가』, 『낭송 금강경 외』, 『낭송 삼국지』, 『낭송 장자』, 『낭송 주자어류』, 『낭송 홍루몽』, 『낭송 동의보감 외형편』

▷ 서백호 : 『낭송 흥보전』, 『낭송 서유기』, 『낭송 선어록』, 『낭송 손자병법/오자병법』, 『낭송 이옥』, 『낭송 한비자』, 『낭송 동의보감 잡병편 (1)』

▷ 북현무 : 『낭송 토끼전/심청전』, 『낭송 도덕경/계사전』, 『낭송 대승기신론』, 『낭송 동의수세보원』, 『낭송 사기열전』, 『낭송 18세기 소품문』, 『낭송 동의보감 잡병편 (2)』

4. **낭송Q시리즈 시즌 2**는 고전과 몸 그리고 일상이 조화를 이루는 훈련으로서의 낭송에 초점을 맞추었습니다. **샛별편**에는 전통시대의 초학자들이 제일 먼저 배우며 가장 오래도록 몸과 마음에 새겨 놓은 고전을 담았고, **원문으로 읽는 디딤돌편**은 몸으로 원문의 리듬을 익혀 동양 고전과 자유자재로 접속할 수 있는 힘을 키울 수 있도록 했습니다. 또 **민담·설화편**은 입에서 입으로 전해지는 낭송의 진수를 보여 주는 우리나라 각 지역의 옛날이야기들을 모았으며, **조선왕조실록편**은 조선 태조로부터 철종에 이르기까지 25대 472년간의 역사를 연월일 순서에 따라 편년체로 기록한 조선왕조실록을, **여행기편**은 근대 이전 여행의 기록들을 낭송에 맞게 새롭게 엮었습니다.

▷ 샛별편: 『낭송 천자문/추구』, 『낭송 명심보감』, 『낭송 격몽요결』, 『낭송 사자소학』

▷ 원문으로 읽는 디딤돌편: 『낭송 대학/중용』, 『낭송 주역』, 『낭송 논어』

▷ 민담·설화편: 『낭송 강원도의 옛이야기』, 『낭송 경기도의 옛이야기』, 『낭송 경상북도의 옛이야기』, 『낭송 경상남도의 옛이야기』, 『낭송 인천·경기북부의 옛이야기』, 『낭송 전라남도의 옛이야기』, 『낭송 전라북도의 옛이야기』, 『낭송 제주도의 옛이야기』, 『낭송 충청남도의 옛이야기』, 『낭송 충청북도의 옛이야기』

▷ 조선왕조실록편: 『낭송 태조실록』, 『낭송 태종실록』, 『낭송 세종실록』, 『낭송 성종실록』

▷ 여행기편: 『낭송 18세기 연행록』, 『낭송 19세기 연행록』

5. 낭송Q시리즈 민담·설화편 『낭송 강원도의 옛이야기』는 『한국구비문학대계』 강원도 강릉시, 속초시, 춘천시, 명주군, 삼척군, 양양군, 영월군, 춘성군, 횡성군 편을 대본으로 하여 풀어 읽은이가 그 편제를 새롭게 해서 각색하고 엮은 것입니다. 단, 각 이야기의 출처 지역은 행정구역의 변동 등으로 분명치 않은 곳이 있어 『한국구비문학대계』에 표기된 지역을 그대로 따랐습니다.

차례

낭송
강원도의 옛이야기

江原道

5부

6부

7부

8부

江原道

낭송
강원도의
옛이야기

머리말

강원도와 옛이야기와 낭송과 좋은 삶

1. 전해져야 이야기지

"옛날에는 이야기를 듣고 다른 사람에게 그 이야기를 들려 주지 않으면 이야기가 굶어 죽는대. 그러니까 이야기를 들은 사람은 이야기가 갑갑하지 않도록 여러 사람들에게 퍼 날라야 해."

이 이야기는 이 책 『낭송 강원도의 옛이야기』 속에 들어 있는 에피소드 「이야기가 갇히면 살이 된다」의 한 토막이다. 좀처럼 이야기를 옮기지 않는 젊은이 속에 이야기들이 갇혀 숨이 막힐 지경이었다. 그러자 이야기들은 갖은 방법을 써서 젊은이를 응징하려 했다. 독이 있는 꽃으로 변하기도 하고 날카로운 침으로도 둔갑해서 젊은이를 공격한다. 이 에피소드의 주인공은 사람이 아니라 '이야기'다.

나는 이야기의 본질을 유감없이 드러내는 이 내용에 주목한다. 이야기는 언어로 만들어진다. 언어는 나와의 소통을 위해서가 아니라 남과의 소통을 위해 만들어지고 쓰인다. 그래서 입에서 입으로, 혹은 텍스트를 통해 끊임없이 '옮겨지는' 운명을 지니고 태어난다. 그러므로 이야기는 전해지는 것이 아니라, 전해져야 이야기가 된다.

옛이야기는 전해지면서 사람과 사람, 사람과 동물, 사람과 사물의 관계를 재구성해 낸다. 그래서 옛이야기는 비슷하면서도 똑같지 않은 버전들로 넘친다.

'옛이야기'라는 단어를 듣는 순간 나는 돌아가신 시어머니를 떠올렸는데, 어머니가 나에게 전한 이야기는 당신 버전으로 재구성된 옛이야기였다. 어머니는 연배의 노인들에 비해 유독 기억력이 좋았다. 『삼국지』 한 편을 모두 머릿속으로 외우셨는지, 어떤 사건이 일어나면 『삼국지』의 한 장면이, 버튼을 누르면 주르르 쏟아지는 커피 자판기처럼 즉석에서 재연되었다.

하지만 같은 말도 여러 번 들으면 식상한 법. 어머니의 『삼국지』 레퍼토리가 시작될 것 같은 낌새를 느끼면 나는 '빽' 소리를 질렀다.

"어머니, 지금 그 이야기는 거짓말 조금 보태서 백 번은 들었을 거예요!"

순간, 나는 '아뿔사!' 하고 탄식하곤 했다. 왜냐면 그럴 때마다 어머니에게는 내 말을 기다렸다는 듯이 '되받아치는 이야기'가 있었기 때문이다.

"어느 깊은 산골에 효자가 살았단다. 어머니가 아무리 같은 말을 여러 번 해도 항상 새로 듣는 것처럼 고개를 끄덕이며 다 들어 줬지. 매번 같은 이야기를 너무 많이 듣다 보니 아들은 어머니 이야기 속에 있던 길이며 산골짜기, 어디에 가면 숨어 있는 옹달샘, 이러저러하게 생긴 바위 등등이 직접 본 듯 그려졌단다. 어머니는 돌아가시고, 육이오 전쟁이 일어났지. 그 깊은 산골짜기에도 전쟁의 여파가 밀어닥쳤어. 사람들은 우왕좌왕 당황하며 뿔뿔이 흩어져 살길을 찾아다녔지. 하지만 험한 산속에서 길을 잃고 잡혀 죽거나, 낭떠러지에 떨어져 죽었단다. 그런데 아들의 머릿속에는 어머니가 거듭해서 들려주던 길이 너무 익숙해서 어렵지 않게 피난할 수 있었단다."

그러면 나는 '에구, 또 시작이다' 하면서 그 자리를 피하곤 했지만, 지금 생각하니 어머니에 대한 기억 중에 이 부분이 가장 또렷하다. 물론 이 이야기는 어머니가 어머니의 어머니에게서 들었던 이야기, 혹은 어떤 책에서 보았던 이야기와 쌍둥이처럼 닮았다. 무대가 한국전쟁과 조선 시대라는 점이 다를 뿐이다. 아마 내가 나이가 들어 아이들에게 "한 이야기 자꾸 하지 말라"는 핀잔을 듣는다면, 어머니에게서 들었던 이 이야기를 내가 할지도 모르겠다. 옛이야기는 이렇게 사람들의 삶 속에서 혹은 의도를 가지고, 혹은 재미로 엮어 내는, 매우 유익한 생활밀착형 텍스트이다.

2. 강원도의 옛이야기는 현재를 산다

우리나라 여러 지역의 옛이야기들은 대개 그 소재가 비슷비슷하다. 다루어지는 인물 중에도 겹치는 사람들이 많다. 김삿갓, 암행어사 박문수, 이러저러한 왕들 이야기는 지명만 바뀔 뿐 거의 똑같다. 효도나 선행 같은 윤리적, 도덕적 교훈을 주는 이야기도 많다. 그리고 무엇보다 옛이야기가 '허구'를 기반으로 만들어진 이상, 그 출처나 근거가 불확실한 이야기들이 대부분이다. 하지만 강원도는 여타 지역에서는 보기 어려운, 강원도가 아니면 절대 만들어질 수 없는 몇몇 이야기를 가지고 있다. 산이 많고 골짜기가 깊어서 호랑이가 자주 출몰한 배경 때문에 호랑이에 얽힌 이야기가 그 어떤 지역보다 많다. 또한 깊은 산속에 있는 오래된 명사찰에 대한 이야기도 많다. 더구나 그 절들은 오늘날에도 변함없이 사람들이 찾는다. 강원도의 옛이야기는 단순한 '옛날 옛날에~'로 표현되는 과거시제가 아니라, 지금이라도 찾아가 확인할 수 있는 현재시제이다.

강원도의 옛이야기가 가진 현재성은 단연코 '단종'을 소재로 한 첫번째 부에서 두드러진다. 나이 어린 임금이 숙부의 계략으로 영월 땅에 유배되어 결국 거기서 삶을 마친 역사적인 사건은 다양한 옛이야기로 변주되어 전해진다. 영월 사람들은 길에

도, 물건에도 단종과 관련된 이름을 붙여 그에 대한 애잔한 마음을 실었다. 또 단종을 불사이군不事二君: 두 임금을 섬기지 않음의 충정으로 모신 늙은 신하나 단종의 영혼을 달래 준 원님, 단종의 시신을 수습한 충신, 심지어 단종을 기리는 장릉의 소나무까지 슬프고도 신비스러운 이야기들로 넘친다.

2부 역시 강원도의 특징을 고스란히 안고 있다. 강원도의 각종 지명과 사찰에 얽힌 이야기들은, 더러 영화(〈오세암〉)나 제사(단오굿)로 재현되어 있다. 백담사나 상원사처럼, 오늘날에도 실재하는 절이 있는가 하면, 역사적으로도 장소를 몇 번씩 옮기고 이름도 자주 바뀐 것으로 알려진 구룡사에 얽힌, 그럴듯한 이야기를 만날 수 있다.

3부는 호랑이를 소재로 한 기발하고 정감 넘치는 이야기들로 묶여 있다. 지금은 그렇지 않지만, 호환虎患: 호랑이로 인해 생긴 재앙이나 질병을 큰 걱정거리로 여겼던 그런 시절이 있었다. 호랑이를 만날 것이 두려워 어른 수십 명이 모여야 고개를 넘거나, 주로 여자나 어린아이들이 당하는 '호식'虎食: 호랑이에게 잡아먹히거나 납치됨을 입지 않기 위해 날이 저물면 절대 집 밖으로 나가지 못하게 했다. 하지만 강원도의 호랑이는 무섭기만 하지 않다. 스님이 경 읽는 소리가 좋아 절에 살면서 불심을 키운 호랑이가 있는가 하면, 자신을 도와준 사람을 돕다 죽음에 이르는 '의리의 호랑이'

도 있다. 강원도 사람들에게 호랑이는 두렵고도 친숙한 존재였던 것이다.

4부는 여자들에 대한 이야기들이다. 옛이야기 속에서 여인들은 어떤 모습으로 드러날까? 사회적 계급 질서와 남존여비의 인식이 강했던 시절, 여인들의 삶은 주체적이기보다는 운명을 따르는 방식으로 이어졌을 것이다. 물론 살아서 손가락질 받기보다 죽어서라도 결백을 주장하는 열녀에 대한 이야기도 있지만, 의외로 자신의 삶을 스스로 개척한 여인들의 모습을 종종 발견한다. 말 한마디로 남자의 코를 납작하게 만든 여자 뱃사공의 이야기, 여자에 대한 선비의 욕망을 단 한 문장으로 누른 여인, 구렁이 남편을 찾아 수만 리 길을 유랑한 여인의 이야기를 통해 시공을 뛰어넘어 그녀들의 애환과 해학에 감정이입해 보자.

5부에서 소개하는 옛이야기 속의 인물들은 실존 여부에 상관없이 평범하지 않다. 전국 단위의 옛이야기에서 단골로 소환되는 인물은 김삿갓, 허미수 선생, 효종이나 세조 같은 임금들, 남이장군 등이며, 다양한 이본異本으로 전해지는 이야기들이 있다. 수로부인 이야기는 『삼국유사』에 엄연히 소개된 설화이며, 강릉김씨 시조에 관한 이야기 또한 오래된 역사적 사실에 근거한다. 하지만 허구이면서도 잔잔한 감동을 주거나 저절로 고개를 끄덕이게 만드는 이야기들은, 동시대에 살았던 사람들이 '범

상치 않은 사람들'에게 느끼는 경외심을 엿볼 수 있게 한다.

모든 일에는 원인과 결과가 있듯이, 사필귀정은 이야기를 전개하는 데에도 중요한 논리적 당위성을 준다. 6부의 이야기들은 '무엇을 바라지 않고 자신의 진심을 다하면' 일어날 수 있는 일들을 이야기로 전해 준다. 「송아지와 바꾼 무」처럼 사람의 진심은 꾸미려 해도 꾸밀 수 없으며 저절로 드러나는 것이다. 마음을 다한다는 것은 정량적으로 파악할 수 없다. 마음을 다하는 모든 일은 반드시 바르게 돌아간다는 것은 이야기를 통해서도 능히 알 수 있는 일이다.

옛이야기를 다루는 동안 놀라웠던 것은 옛이야기들이 판타지적 코드를 갖추고 있다는 것이었다. 〈개그콘서트〉 수준을 능가하는 유머코드를 겸비한 것도 있다. 7부에는 작정하고 그런 이야기들을 모아 놓았다. 뜰에 심은 계수나무를 아버지로 안다거나 그림을 톡톡 건드리면 쌀이 나온다는 설정, 연지곤지가 어떤 배경에서 풍속으로 정착됐는지 등에 관한 이야기는 읽으면 읽을수록 재미있다.

8부는 옛날부터 이야기의 소재로 한 번도 끊어진 적이 없는 '효도'에 관한 이야기이다. 옛이야기지만 오늘날에도 여전히 유효한 '진정한 효도'에 대한 고민이 담겨 있다. 특히 효도에 관한 장을 준비하면서 「바리데기 이야기」를 발견한 것은 강원도편 최대의 수확이라 할 만하다. 당초에 내가 접했던 바리데기에 대한 옛이야기는 아주 짧게 소개된 것뿐이었다. 강원도에서 바리데기 이야기의 전체 줄거리는 오히려 무가의 형식으로 전해지고 있었다. 속초시와 양양군 현북면, 춘성군 등지에서 무가로 전해져 오는 바리데기는 합하면 150여 쪽이나 된다(『한국구비문학대계』 기준). 바리데기가 무가로 전승되는 것은, 바리데기가 마지막으로 저승길을 인도하는 역할을 자처한 데서 비롯된 것 같다. 망자의 저승길이 편안하기를 기원하는 굿이 바로 오구굿인데, 이 오구굿의 주된 내용이 바리데기인 것이다. 옛이야기로 옮겨 적으며 바리데기와 함께 웃고 울었던 기억이 생생하다.

3. 좋은 삶을 위한 인간관계의 기술, 낭송

나는 강원도 시골에서 태어나 아홉 살 때 도시로 나왔다. 길지 않은 시간이지만 나는 강원도에서만 쌓을 수 있는 강렬한 경험을 간직하고 있다. 하늘이 보이지 않을 만큼 울창한 아카시아 숲, 그 숲속 곳곳에 남겨진 전쟁의 흔적들 속에서 나는 자랐다. 또 허벅지까지 차는 물 속에 가만히 손을 넣어 물고기를 떠낼 수 있을 만큼 맑고 차가웠던 물의 기억이 새롭다. 그리고 모질었던 추위… 이번 강원도 옛이야기를 정리하며 실컷 어린 시절의 기억

속에서 보냈다.

하지만 어린 시절의 기억 속에 강원도 사투리는 떠오르지 않았다. 그래서 강원도에는 사투리가 별로 없다고 생각했다. 하지만 이번 낭송 옛이야기를 엮는 도중, 나는 투박하지만 진심 어린 말투, 예상하지 못한 곳에서 느닷없이 톤이 달라지는 억양을 가진 강원도 사투리의 매력에 폭 빠져 버렸다. 강원도 말은 텍스트로는 완벽히 살려 낼 수 없다. 어미를 중간에 끊어 먹거나 아주 짧게 처리하는 그 말의 특성은 텍스트로 옮길 때는 표준어로 써진다. 강원도 사투리는 말로 할 때 비로소 구분된다. 평면에 그려졌던 강원도 옛이야기는 그제야 입체가 된다. 어느 지역보다 이야기가 구술되는 바로 그 '현장'이 중요한 이유가 여기에 있다.

머릿속으로 노인들이 모여 저마다 품고 있던 이야기보따리를 풀어 놓는 장면을 그려 본다. 여기에는 그 어떤 긴장이나 어려움이 없다. 그저 자기가 알고 있던 것을 사람들에게 이야기할 뿐이다. 간혹 스토리텔링이 잘못되어 이야기가 산으로 간다 한들, 그 자리에 모여 있는 사람들끼리 내용을 공유하고 주제를 같이 나눌 수 있으면 그만이다. 낭송이 별건가. 낭송은 입에서 입으로 전하는 옛이야기의 형식, 바로 그것이다. 그렇다면 노인들은 낭송의 달인이다. 노인들도 쉽게 하는 걸, 우리는 왜 낭송이 어렵다고 느끼는 걸까?

그 이유 중 하나로, 우리는 언제부터인가 어른들로부터 이야기를 듣지 않게 된 것도 있다고 생각한다. 일상 속에서 자주 옛이야기, 즉 낭송이 이루어지는 것을 목격하며 자랐다면 우리도 자연스럽게 낭송했을 것이기 때문이다. 이야기가 끊어진 것은 그리 오래지 않다. 다시 이야기가 숨 쉴 수 있도록 퍼 나르는 일을 시작하면 된다. 우리 부모세대에게 "왜 우리에게 옛날이야기를 들려주지 않았나" 하며 볼멘소리를 할 것이 아니라, "내가 아이들에게 이야기를 전하는 첫 세대가 되자"고 마음을 내어 보면 어떨까.

나는 상상한다. 낭송을 익혀서 손주들을 무릎에 앉혀 놓고 옛이야기를 전하는 내 늙은 후의 모습을. 내 자식의 아이들에게뿐만 아니라, 동네의 아이들, 아니 아이들뿐 아니라 어른들에게도 이야기하는 내 모습을. 이야기를 한다는 것은 내 자신을 열고, 남과 관계할 수 있는 계기를 만들어 준다. 그렇게 사는 삶, 멋진 일이다. 그러니 낭송은 그런 삶을 가능하게 하는 인간관계의 기술임에 틀림이 없다.

1부

단종과 애환을 함께하다

1-1. 이름으로 남은 단종의 유배길

열두 살 어린 나이에 임금이 된 단종은 세조에 의해 왕의 자리에서 쫓겨나 영월 청령포로 유배를 가게 되었어. 백성들은 죄 없는 어린 임금이 안쓰러워 눈물을 흘렸지. 청령포로 가는 길은 멀고도 험했어. 한강 물을 따라 여주까지는 배로, 그 후에는 나귀로 이동했지. 한참을 가다가 단종 일행이 지나가는 사람에게 물었어.

"영월 가는 길이 어디냐?"

"거게서 보면 왼편이더래요."

그 동네 이름은 그날부터 '좌편'이 됐어.

다시 한참을 가다가 단종이 하늘을 보며 말했어.

"아, 저기 낮달이 떠 있구나."

원래 그 산 이름은 다래산이었지. 하지만 단종이 이 말을 한 이후로 그 산은 월호산이 됐어. 월호산을 넘으니 험한 고개가 나왔어. 지금까지도 여러 고개를 넘어왔지만 오래 걸은 데다 고개가 험해 보이자 단종이 한숨을 쉬며 말했지.

"이 고개는 무슨 고개인데 이리 험하단 말이냐."

수행하던 신하 중 한 사람이 울먹이며 대답했어.

"전하가 오르시는 고개이니 군등치君登峙이옵니다."

단종 일행은 군등치를 지나 한 마을에 도착했는데, 마을 사람들은 단종이 탄 나귀의 방울 소리를 듣고 몰려나왔지. 유배지로 가는 단종을 본 마을 사람들은 그 모습이 너무 불쌍해서 어쩔 줄을 몰랐어. 단종을 태운 나귀가 '딸랑딸랑' 방울 소리를 내며 지나가자 마을 사람들은 단종 일행을 배웅하며 눈물을 흘렸어. 그때부터 이 마을은 임금을 태운 나귀 방울 소리가 슬프다고 해서 '명나동'鳴騾洞이라는 이름을 붙여 부르게 됐어. 부모의 사랑을 받으며 자랄 나이에 유배지로 향하는 어린 임금의 마음은 어땠을까? 그 마음을 조금이라도 위로하기 위해 단종이 지나간 길에 이름을 붙여 후대에까지 전하게 됐대. _ 영월군 영월읍

1-2. 물길도 가르는 엄흥도의 충심

단종이 유배된 청령포는 영월에서도 아주 깊숙한 곳이었어. 뒤로는 금각철산이 막고 있고, 사방이 강물에 둘러싸여 배를 타지 않으면 빠져나올 수가 없는 곳이었어. 육지 속의 섬인 셈이었지. 들어올 수는 있되 다시 나올 수 없는 곳. 어른도 견디기 힘든 유배지에서 혈혈 단신으로 살아야 하는 어린 단종은 날이면 날마다 눈물로 지새웠지.

당시에 영월에는 엄흥도嚴興道라는 호장戶長이 있었어. 엄흥도는 영월땅 곳곳에 홍수가 나서 그것을 살피느라 여념이 없었지. 그런데 한밤중에 청령포 쪽에서 곡소리가 나는 거야. 걱정이 된 엄흥도는 말을 달려 청령포로 향했어. 곡소리는 점점 더 커지고 있었어. 물가에 도착한 엄흥도는 불어난 물 때문에 건널 수가 없었어. 바로 그 순간, 물길 한가운데가 쫙 갈라지더니 눈앞에 단종이 사는 집이 나타났어. 엄흥도가 허겁지겁 집안으로 들어서자, 단종이 인기척을 느끼고 깜짝 놀라 잠이 깼어.

"거 누구냐?"

"호장 엄흥도래요."

"그래 어쩐 일이냐? 들어오너라."

집안으로 들어와 보니 단종이 자고 있던 이부자리가 땀에 흥건하게 젖어 있는 것이 보였어. 그것을 본 엄흥도가 물었어.

"야심한데 곡소리가 나서 맘이 쓰여 왔더래요."

단종이 이마에 송글송글 맺힌 땀을 닦아 내며 말했어.

"그래, 내가 울었다. 꿈에 사육신이 하나씩 내 앞으로 와서 '뒷산 봉우리 꼭대기에 구름이 빙빙 머물고, 청령포 어귀에 흘러 내려가는 물소리가 목메게 울거든 우리 육신들이 문안드리러 온 걸로 아시옵소서' 하더구나. 그 충신들 생각도 나고 내 처지가 서럽기도 하여 꿈결에 통곡을 했다. 그렇다고 통곡 소리를 듣고 이 야심한 밤에 물을 건너오다니, 내 사육신을 다시 만난 것처럼 반갑구나."

엄흥도는 어린 왕이 유배지에서 마음이라도 편하게 살도록 정성을 다해 보살폈어. 나중에 단종이 사약을 받고 쓰러졌을 때도, 죽을 것을 각오하고 그 시체를 수습하고 장사 지내 주었지._

영월군 영월읍

1-3. 표주박에 그리움을 띄워 보내오니

원호元昊는 세조 때 집현전 학사였으나, 단종이 유폐되자 곧장 벼슬을 버리고 영월로 내려왔어. 자신에게 임금은 단종뿐이며 '두 임금을 섬길 수 없다'는 불사이군不事二君의 충심이 가득했지. 유배된 임금을 직접 만날 수는 없으니 원호는 청령포에서 가까운 주천강변에 땅굴을 파고 살면서 날마다 강변에 나와 시름을 달랬어. 사람은 서로 만날 수 없었지만 물길은 두 사람을 이어 주었지. 원호가 표주박에 사무치는 그리움을 글로 써서 물에 띄우면 물결이 저절로 단종에게 전해 줬지. 그러면 단종이 다시 답장을 써서 물에 띄우고, 그러면 물결이 거꾸로 일어 원호의 손에 닿게 한 거야. 원호가 지은 시 중에는 이런 것이 있어.

간밤의 우던 여흘 슬피 우러 지내여다(간밤에 울려 흐르던 여

울, 슬피 울어 흘렀는데)

이제야 생각하니 님이 우러 보내도다.(이제 와 생각해 보니 임이 울면서 물을 보냈구나)

저 물이 거스리 흐로고져 나도 우러 녜리라.(저 물이 거슬러 흐르고저 하는데 나도 울면서 가리라)

이렇게 표주박 편지를 주고받은 것도 잠깐, 영월 땅에 큰 홍수가 나자 단종이 유배됐던 청령포도 무사할 수 없었어. 결국 단종의 처소는 동헌 객사인 관풍헌으로 옮겨졌지. 관풍헌은 청령포처럼 외지지 않아서, 마을도 가깝고 이따금 고을 사람들도 만날 수 있었어. 하지만 달이 뜨고 접동새가 우는 밤에는 단종의 가슴은 미어졌지. 자신을 따르다 참혹하게 죽은 사람들을 생각하면 피눈물이 날 지경이었어. 달 아래 누군가 단소라도 불면 단종은 울적한 마음을 풀 길이 없어 피를 토하는 심정으로 시를 적었지.

제 궁을 다 버리고 벽산에 머무르니
가슴에 타는 심정 두견이 알랴마는
하늘도 모른 체하여 내 더욱 서러워라.

달이 흰 밤에 두견새가 우는데
네 소리 슬픔에 듣기가 괴롭구나.
네 소리가 없으면 내 슬픔이 없겠는데
세상에 내가 고상한 사람들에게 속삭이거니와
삼가서 춘삼월에 이 자규루에는 오르지 마라

결국 단종은 세조가 내린 사약을 마시고 유배지에서 삶을 마쳤어. 사람들은 어린 나이에 감당하기 어려운 단종의 비극적인 일생을 두고두고 안타까워했지. _ 영월군 영월읍

1-4. 노루가 정해 준 무덤 자리

단종은 영월로 유배된 이래 바깥 소식을 통 들을 수가 없었지. 그 사이 금성대군(세조의 동생)이 단종의 복위를 꾀하다 세조에게 들켜 버렸어. 세조는 이 역모에 단종이 엮이지 않았을 리가 없다고 해서 단종에게 사약을 내렸지. 사약을 전달하는 사신은 차마 단종에게 사약을 전하지 못하고 그만 동강에 몸을 던져 버렸어. 그 소식을 뒤늦게 듣게 된 단종은 곰곰이 생각했어. '나 때문에 죄 없는 사람들이 죽어 나가는구나. 이래서는 안 되겠다. 내가 스스로 목숨을 거두지 않고서는 이 비극은 끝나지 않겠구나' 하고 결심을 했지. 단종은 그 길로 복덕이라는 시종에게 심부름을 시켰어.

"복덕아, 내가 개고기가 먹고 싶으니 너 어디 가서 개 한 마리 구해 오너라."

복덕이가 개를 구해 오자 단종은 헛간에 들어가 구멍을 뚫고는 명주실을 가지고 개를 헛간으로 데리고 들어가며 복덕이에게 말했어.

"내가 개 모가지를 묶을 테니, 너는 밖에서 이 실을 힘껏 당겨라. 내가 다른 말을 할 때까지 줄을 계속 당기고 있어야 한다."

단종이 구멍을 통해 실을 내보내며 복덕이에게 소리쳤어.

"됐다. 당겨라."

복덕이는 힘껏 명주실을 당겼지. 한참을 당기다가 물었어.

"죽었더래요?"

그래도 안에서는 아무 대답이 없었어. 복덕이는 다시 물었지.

"죽었더래요?"

여전히 대답이 없자, 불길한 생각이 들어 줄을 내던지고 헛간으로 뛰어들어 갔지. 명주실은 개가 아니라 단종의 목에 감겨 있었어. 기가 막혀 눈물도 흘릴 수 없었던 복덕이는 미친 듯이 밖으로 뛰어나가 동네방네 소리를 지르며 돌아다녔어.

"마마께서 승하하셨다."

복덕이는 그 길로 동강에 몸을 던져 죽어 버렸어. 단종이 승하하셨다는 소식이 한양에 전해지자, 한양에서는 다시 명이 내려졌어.

"죄인의 몸에 손대는 놈이 있으면 삼족을 멸하겠노라."

그러니 단종의 시신은 아무도 건드리지 못하고 버려져 있었어. 어명이 무서우니 아무도 가까이 가지 못했지. 이때 영월의 호장인 엄흥도가 나섰어. 주변 사람들이 다 붙잡았지만 엄흥도를 말릴 수 없었지.

"옳은 일을 하다 벌을 받는다면 달게 받겠다."

엄흥도는 관과 염포를 갖추어 시신을 짊어지고 능마리 골짜기로 향했어. 겨울 날씨에 싸락눈은 내리고, 땅은 꽁꽁 얼어 시신을 묻을 수가 없었어. 그런데 숲길에 노루 한 마리가 웅크리고 앉아 있다가, 엄흥도가 다가가자 도망을 갔어. 그런데 이상한 일이 다 있지. 노루가 앉아 있던 그 자리에만 눈이 쌓이지 않고 얼지도 않았어. 엄흥도는 한숨 돌릴 겸, 노루가 누웠던 자리에 지게를 받쳐 놓고 좀 쉬었지. 그런데 엄흥도가 다시 지게를 지고 일어나려고 하니 지게목발지겟다리의 방언이 딱 들러붙어서 떨어지질 않았어. 목발을 떼려고 실랑이를 하다가 엄흥도가 문득 어떤 생각이 들어 시체가 되어 버린 단종에게 물었어.

"임금님, 여기에 모실까요?"

그제서야 지게목발이 떨어졌어. 엄흥도는 그 자리를 파서 관을 놓았지. 간신히 무덤을 만든 엄흥도는 그 길로 도주해 버렸지. 그 후 아무도 그의 소식을 들은 사람은 없었어._ 영월군 영월읍

1-5. 단종을 사랑한 추노인

단종이 영월에 있을 때 추씨 성을 가진 노인이 살고 있었어. 추노인은 마음을 다해 단종을 섬겼지. 제사를 지내면 떡도 대접하고 과일도 챙겨 드리고, 산열매도 직접 따다가 올리곤 했어. 어느 날, 그날도 추노인은 단종에게 주려고 머루와 산열매를 잔뜩 따서 짊어지고 청령포로 향해 가는데, 마침 맞은편에서 말을 타고 오는 단종과 딱 마주쳤어. 추노인은 반가워서 단종에게 말했어.

"머루를 따 가지고 옵니다."

"내가 지금은 먹을 수가 없네. 태백산을 가는 길이니, 우선 집에다 갖다 두게."

추노인은 머루를 짊어지고 영월읍으로 들어섰어. 그러자 사람들 사이에서 술렁거리는 소리가 들렸어. 단종이 승하했다는 이야기였어. 추노인은 깜짝 놀랐어.

'가믄그러면 좀 전에 내가 만난 거는 임금님 혼백인가.'

추노인은 그 길로 몸을 돌려 태백산을 향해 달려갔지만 혼령을 따라잡을 수는 없었지. 노인은 통곡을 하면서 산으로 산으로 들어갔어. 그 후 그 노인도 영영 보이지 않았어.

강원도 영월군 매봉산 자락 남쪽 언덕에는 단종의 영정을 모신 영모전永慕殿이 있어. 영정 속에서는 백마에 금관조복을 한 젊은 청년에게 어떤 노인이 머루를 바치고 있지. 그림 속의 젊은 청년은 태백산신이 된 단종이고, 머루를 바치고 있는 노인은 바로 추노인이야. _ 영월군 영월읍

1-6. 단종의 원한을 풀어 준 박충원

단종이 죽은 뒤 몇 년 동안 영월군에는 사또가 부임하기만 하면 첫날 밤에 모두 여지없이 죽어 나갔어. 그러자 영월에 부임하면 죽는다는 소문이 파다하게 퍼졌어. 그러니 아무도 영월에는 원님으로 가려고 하지 않았지. 이때 한양에 박충원이라는 한량이 있었어. 그는 소문을 듣고 관리로 있는 친구에게 가서 말했어.

"뭐, 나라도 가 보겠다."

친구가 그 이야기를 숙종*에게 아뢰자, 숙종은 그날로 박충원을 영월 사또로 임명했지. 비록 한량이었지만 박충원은 배짱이 남다르고 머리가 비상했지. 영월 사또가 죽어 나가는 것은 억울

* 영월에 부임한 박충원은 중종 시기 사람이다. 이 이야기 속에서 임금이 중종이 아니라 숙종인 것은 노산군을 임금으로 복위시켜 '단종'이라는 묘호를 내린 왕이 숙종이기 때문으로 보인다.

하게 죽은 단종과 관련이 있다고 믿었어. 박충원은 속으로 '내가 반드시 돌아가신 임금의 한을 풀어 드려야겠다'고 마음먹었지. 하지만 영월의 아전들은 이번에 오는 사또도 하루를 못 넘기고 죽을 거라고 생각하고 일도 대충, 말도 대충 했지.

부임한 첫날 밤, 동헌 마당에 '휘익' 하고 바람 소리가 나더니, 박충원이 앉아 있는 방문이 덜컹거리며 열렸어. 문앞에는 단종이 처참한 얼굴로 서 있었어. 박충원은 무서웠지만 태연한 척하며 큰절을 하고 말했어.

"그렇지 않아도 전하의 한을 풀어 드리려 왔습니다."

그러자 단종이 밝게 웃으며 말했어.

"이제야 내가 임자를 만났구나. 어서 나를 따라오거라."

산길을 한참 앞서가던 단종이 한곳을 가리키며 말했어.

"이곳에 내 주검이 있다. 낙엽만 쓸어 버리고 그대로 여기에 봉분을 세워라."

단종은 그 말을 마치고 사라져 버렸어. 박충원은 그 길로 산을 내려왔지.

다음 날 아침, 아전들은 염포를 들고 관아로 들어서며 이야기를 나누었어.

"신임 사또가 죽었을 거이니 또 시체를 염해야지."

아전들은 박충원이 자고 있던 방문을 벌컥 열다가 깜짝 놀랐어. 죽었을 거라고 생각한 박충원이 멀쩡하게 앉아 있는 게 아니겠어? 박충원은 무례한 아전들에게 호통을 쳤지.

"고얀 놈들, 무엄하게 누구 방문을 함부로 여는 게냐?"

"아이, 그기 아이라 여태 신임 사또들은 하룻밤 새 다 돌아가싰는데 원님은 우찌된 일이래요?"

간밤의 일을 설명하고 난 박충원은 아전들에게 명을 내렸어.

"당장 백성들에게 괭이 하나씩 들고 모이라고 하여라."

박충원은 고을 사람들을 데리고 산으로 올라갔어. 단종이 꿈에서 가리켰던 자리에는 정말로 단종의 시신이 놓여 있었지. 그 자리에 봉분을 세운 박충원은 숙종에게 단종의 한을 풀어 달라고 상소했어. 비로소 단종은 '노산군'이 아닌 어엿한 임금 '단종'으로 복위하게 됐지. 단종의 시신을 수습했던 영월호장 엄흥도도 그제서야 충신으로 추대되었어. _ 영월군 영월읍

1-7. 예를 지킨 소나무

단종이 승하한 지 250년이 지나 숙종 때가 되어서야 단종은 비로소 복위되었어. 숙종이 명을 내렸지.

"묘호를 단종으로 하노라. 능의 이름은 노루가 터를 잡았다는 뜻으로 '노루 장獐' 자를 써서 장릉이라 하여라.* 정성을 다해 예를 갖추고 추호의 부족함이 없도록 하라."

장릉에는 일반적인 임금의 묘와는 다른 점이 있어. 원래는 본묘 앞에 무관석과 문관석이 두 줄로 늘어서 있는 게 보통이거든. 하지만 무력에 의해 희생된 단종을 배려해 장릉에는 무관석 없이 문관석만 놓았어.

무엇보다도 가장 특이한 것은 장릉의 소나무야. 이곳에 있는

* 실제 사적 제196호인 단종 묘의 능호는 '노루 장' 자가 아니라 '씩씩할 장' 자를 쓴 '莊陵'이다.

거의 모든 소나무들은 능을 향해 휘어져 있어. 산세가 험해서 자연스럽게 기울어진 것이라는 말도 있지만, 비탈에 서 있는 소나무도 능을 향해서 허리를 굽힌 자세가 많지. 능의 뒤편에 있는 소나무들도 모두 능을 향해 굽어져 있어. 마치 소나무가 예를 갖춰 능에게 절하는 것처럼 말이야. 소나무들도 단종의 비통한 죽음을 애도하는 것 아닐까? _ 영월군 영월읍

1-8. 늙은 충신 장가 보내기

단종은 제사 받드는 이도 없이 쓸쓸하게 잊혀지고 있었어. 그런데 정효준鄭孝俊: 1577~1665. 조선 후기의 문신만이 단종의 제사를 정성껏 받들었어. 정효준은 부인과 일찍 사별하고 자식도 하나 없이 오직 단종을 섬기는 것에만 정성을 쏟았지.

그런 그에게 이진경이라는 둘도 없는 친구가 있었어. 그런데 정효준은 친구 집을 오가는 사이에 이진경의 딸에게 그만 마음을 빼앗겨 버렸어. '내가 이러면 안 되는데…' 하면서도 속으로 끙끙 앓기를 오래하다가, 저도 모르게 진경에게 툭 뱉어 버렸어.

"내가 자네 사우사위 노릇하면 어떻겠는가?"

이진경은 기가 막혀 말도 못하고 화를 벌컥 내고 자기 집으로 가 버렸어. 정효준도 무심코 튀어나온 말 때문에 친구의 노여움을 산 것이 후회스러웠지만 어쩔 수 없었지.

며칠 뒤 이진경의 꿈에 단종 임금이 나타났어. 단종의 어가임금이 타는 수레가 진경의 집으로 들어오자 진경이 놀라서 엎드려 조아리며 말했어.

“이 누추한 곳에 어떻게 왕림하십니까?”

단종 임금은 몸을 낮춰 이진경에게 고개를 기울이며 말했어.

“다름이 아니라 저 정효준이가 상처하고 혼자 있은 지가 오래다. 지금 내 위패를 모시고 제사를 받들어 주니 고맙기가 이를 데 없다. 내가 보니 후복이 좋은 사람이니 네가 사위를 삼으면 네 딸에게도 좋은 일이 있을 것이다.”

꿈이라도 임금이 친히 현몽해서 중매를 서니 거절하기가 쉽지 않았지.

“어느 안전이라고 거절하오리까. 그렇게 하겠습니다.”

꿈을 깨고 나서 이진경이 부인에게 꿈 이야기를 하니, 부인도 같은 꿈을 꾸었다고 말하는 거야. 부인은 꿈은 꿈일 뿐이라고 잘라 말했지.

며칠이 지난 어느 날 밤, 꿈에 또 단종이 나타났어. 이번엔 노기 어린 음성으로 호통을 치는데 수염이 덜덜 떨릴 정도였어.

이진경은 날도 새기 전에 정효준에게서 사주단자를 받아 왔어. 그날 밤 진경의 열일곱 살 먹은 딸이 꿈을 꾸고는 아버지에게 꿈 이야기를 했어.

"아버니요, 저 지난 밤에 희한한 꿈을 꿨어요."

"뭔 꿈을 어때 꿨느냐?"

"아버님 장기 친구 그 정생원이 용이 돼 가지고 하늘로 올라 가민서 날 더러 새끼를 받으라 하잖소. 그래서 치마를 이래 벌래 댔더니, 아, 용의 새끼 세 마리가 꼬물꼬물 치매 앞에 오잖아요. 그 꿈이 우떤지 모르겠네."

결국 나이 오십의 정효준과 열일곱 살 먹은 이진경의 딸은 혼인식을 올렸어. 머지않아 부부는 내리 삼형제를 낳았어. 삼형제는 머리가 비상하고 재주가 뛰어나서 하나를 가르치면 열을 알고, 열을 가르치면 백을 알았지. 그러니 과거급제는 따 놓은 당상이었어. 단종의 중매로 맺어진 부부는 오래도록 금슬 좋게 잘 살았대. _ 영월군 영월읍

2부

강원도의 지명·사찰·제도에 얽힌 이야기

2-1. 관음상과 함께 산 아이

옛날, 설악산 백담사에서 마등령으로 넘어가는 곳에 작은 암자가 하나 있었어. 그 암자에는 스님 한 분과 다섯 살짜리 사내아이가 살고 있었지. 하루아침에 부모를 잃고 오갈 데 없게 된 것을, 스님이 거두어서 같이 살게 된 아이였어. 스님은 밥 끓인 물을 엄마 젖 삼아 먹이고, 아이에게는 작은 관음상을 탁자 위에 놓고 엄마로 일러 주며 매일 염불을 외게 했어.

예로부터 설악산 주변에는 눈이 많이 오기로 유명하지. 그래서 설악산 주변에 사는 사람들은 겨울철 대비를 단단히 해야 하지. 땔나무도 미리 쟁여 놔야 하고, 먹을 것도 충분히 보관해야 해. 그런데 스님은 아이가 있으니 그 준비가 늦어 버렸어. 고민 끝에 스님은 아이를 하룻밤만 혼자 있게 하고 마을로 내려가 식량을 구해 와야겠다고 결심했어. 스님은 하루 먹을 밥을 해서 아이에게 일러 놓고, 심심하거나 무서우면 관세음보살을 자주 외라고 말한 다음 마을로 내려갔어. 그런데 그날 밤, 눈이 너무 많이 내렸어. 계곡이 완전히 눈으로 덮이는 바람에 스님은 도저히 암자로 돌아갈 수가 없었지. 언제 눈이 녹을지 알 수가 없으니 발을 동동 구를 뿐이었어.

봄이 되어 눈이 어느 정도 녹고 나서야 스님은 암자로 돌아올 수 있었어. 아이를 이제 다시 볼 수 없을 거라고 생각하니 한없이 슬픈 마음이 들었지. 그런데 웬걸, 아이가 문을 열고 나와 반듯이 인사를 하면서 말하는 거야.

"시님, 인제사 오십니까."

스님은 자기 눈을 의심했어. 귀신에 홀린 게 아닌가 싶어서 스님은 아이의 몸 여기저기를 만져 봤지만 틀림없는 아이였지. 스님이 기뻐하면서 아이에게 물었지.

"으뜨케 이때금 살았나? 밥은 또 으뜨케 해서 먹고 살았나?"

그러자, 아이가 대답했어.

"아, 어머이가 와서 밥도 주고, 떡도 주고, 글도 가래캐 주고, 얘기도 해주고 해서 이때금 참 재미있게 지냈습니다."

"어머이? 그래 그 어머이가 어떤 사램이냐? 어머이가 어디 계시냐?"

아이는 탁자 위에 있는 관음상을 가리켰어. 어릴 때부터 관음상을 엄마로 모시고 불경을 외운 아이는 관음불의 세상에서 살다가 내려온 거야. 스님은 옷을 여미고 아이 부처에게 손을 모아 합장했어. 그때부터 그 암자의 이름은 다섯 살 아이가 득도했다는 뜻에서 '오세암'五歲庵으로 불리게 됐지. _ 속초시

2-2. 상사병에 걸린 뱀

옛날 금강산의 어떤 스님이 당나라로 유학을 가서 공부에 전념하고 있었어. 어느 날 스님이 머무는 절에 왕이 참석하는 큰 법회가 열렸어. 스님은 그곳에서 우연히 당나라 공주를 보게 됐는데, 한눈에 사랑에 빠져 버렸어. 그때부터 스님의 마음은 온통 공주뿐이었어. 공주의 얼굴을 한 번만 더 볼 수 있다면 바랄 게 없을 것 같았지. 하지만 평민의 딸도 아닌 왕의 딸을 어떻게 볼 수가 있겠어. 스님은 상사병으로 먹지도 자지고 못하고 그만 바싹 말라 죽고 말았어.

죽어서도 공주를 잊지 못한 스님은 뱀으로 다시 태어났지. 그리고 공주를 찾아가서 그 몸을 친친 감고 떨어지지 않았어. 칼로 잘라 내려 해도 안 되고 온갖 약으로 떨어뜨리려 해도 소용이 없었지. 견디다 못한 공주는 궁을 떠나 정처 없이 떠돌아다녔어.

뱀이 몸을 감고 있으니 밥을 얻어먹는 것도 쉬운 일이 아니었어. 사람들이 당최 가까이할 수가 있어야지. 공주는 먹게 되면 먹고, 굶게 되면 굶으면서 발길 닿는 대로 다녔어.

그렇게 떠돌아다니던 공주는 어느 날, 소양강 근처 청평암이라는 조그만 암자에 이르게 되었지. 그곳은 도력 높은 스님들이 수행하는 곳이었어. 공주는 너무 배가 고팠지만 이번에도 뱀 때문에 마음대로 먹을 것을 구할 수가 없었어. 그래서 뱀에게 사정을 했어.

"구렁동자님, 당신이 이렇게 나를 감고 있으니 밥을 얻을 수가 없어요. 여기 잠깐 떨어져 있으면 내가 저 암자에 들어가 밥을 얻어 올 테니 같이 먹읍시다."

며칠을 굶기는 뱀도 마찬가지였지. 뱀은 마침내 공주의 몸에서 스르르 떨어져 암자 풀숲에 들어가 똬리를 틀고 앉아 기다렸어. 공주는 오랜만에 가벼워진 몸으로 암자에 밥을 얻으러 갔지.

"스님, 배가 고파 그러니 밥 좀 얻을 수 있을까요?"

스님이 공주를 찬찬히 바라보니 행색은 초라하지만 기품 있는 모습이 예사롭지 않았어.

"귀하신 분이 어찌 이러고 다니십니까?"

공주는 스님이 자신의 본모습을 꿰뚫어 보자 그간에 있었던 일들을 모두 말해 주었어. 공주의 사정을 알게 된 스님은 갖 지은 밥을 넉넉히 담아 주었지. 그런데 공주가 밥을 받아 들고 막 돌아설 때였어. 그 순간 갑자기 뱀이 똬리를 틀고 앉아 있던 풀숲에 번쩍하고 벼락이 내리쳤어. 놀란 공주가 달려가 보니 뱀은 자취도 없이 사라지고 벼락이 떨어진 그 자리엔 폭포가 생겨 있었어.

뱀에게서 풀려난 공주는 당나라로 돌아갔어. 그리고 그간의 일을 모두 황제에게 말했어. 그러자 황제는 뱀이 사라진 것이 청평암 스님의 신통력 때문이라 생각하고 암자가 있던 자리에 큰 절을 지어 주었지. 그 절이 바로 '청평사'야. 청평사에 가면, 지금도 벼락으로 생긴 폭포가 흐르고 있는 걸 볼 수 있어. _춘성군 신북면

2-3. 절도 제자리가 있는 법이지

옛날 강원도 화천에 비금사라는 절이 있었어. 절 주변에 산짐승들이 많아 사냥꾼들이 살생을 일삼자, 주지스님은 더 이상 절을 이곳에 둘 수가 없었어. 그래서 주지스님은 도력으로 하룻밤 사이에 절을 화천에서 한계리로 옮기고 이름도 한계사라고 지었지. 그런데 그렇게 옮긴 절에 큰불이 다섯 번이나 났어. 이상하게도 화재를 당할 때마다 주지스님이 같은 꿈을 꾸었어. 백마를 탄 백발노인이 나타나 말했어.

"당장 절터를 옮기고 절 이름을 바꾸어라."

스님은 다시 도력을 써서 절을 용도리 안자동으로 옮기고, 이름을 영취사라 지었어. 그런데 또 불이 나는 거야. 잿더미가 된 터에 다시 절을 세우며 스님은 간절히 빌었어.

"이제 다시는 불이 나지 않게 해주십시오."

스님은 어떻게 절 이름을 지어야 화마를 막을 수 있을지 고민하다가, 잠깐 잠이 들었어. 그랬더니 백발노인이 다시 꿈에 나타났어.

"이 아둔한 것아! 대청봉에서 절까지 웅덩이의 수를 세어 보아라."

다음 날 스님이 웅덩이의 개수를 세어 보니 딱 백 개가 되었어. 연못이 백 개나 되니 더이상 불이 날 리가 없지. 스님은 '일백 백百'에 '못 담潭' 자를 써서 절 이름을 백담사百潭寺라 했어. 그 후론 다시 화재가 나지 않았고 지금까지 이름난 사찰로 인정받고 있지. _ 속초시

2-4. 상원사의 특별한 고양이

옛날 세조가 오대산 상원사를 찾았을 때의 일이었어. 세조가 예불을 올리기 위해 법당으로 막 들어서려는 순간이었지. 어디선가 고양이 한 마리가 나타나더니 세조의 곤룡포 자락을 물어 당기며 사납게 울었어.

"야옹, 야옹."

시종들이 깜짝 놀라 막대기로 후려치며 떼어 놓으려 했지만, 고양이는 끝까지 옷자락을 놓지 않았지. 이상한 느낌이 든 세조는 신하들에게 명령을 내렸어.

"법당 안팎을 샅샅이 살펴라."

병사들이 달려와 법당 안을 뒤지니, 정말로 불상을 모신 수미단 밑에 시퍼런 칼을 품은 자객이 숨어 있었어. 세조는 자객을 죽이고 자신의 목숨을 구한 고양이를 찾으려 했어. 하지만 벌써 고양이는 사라져 버린 뒤였지. 그러자 세조는 그 고양이를 잘 기르라는 뜻에서 상원사에 상을 내렸어.

"강릉에서 가장 기름진 논 5백 섬을 상원사에 내리노니, 해마다 고양이를 위해 제사를 지내도록 해라."

이때 하사한 전답을 묘답猫畓: 고양이 논, 묘전猫田: 고양이 밭이라 하는데, 그 전답이 사방 80리10리는 4킬로미터나 되었대. 지금도 상원사 청량선원 계단의 좌우에는 고양이 석상이 서 있지. _ 강릉시

2-5. 치악산의 유래

옛날, 한 선비가 과거를 보기 위해 한양으로 가고 있었어. 며칠을 걸어 고개 하나를 넘을 때였어. 갑자기 어디선가 까치 울음소리가 들렸어.

"깍, 까아악, 깍, 깍."

까치는 선비 앞에 나타나더니 더욱 세차게 울부짖었어.

"이게 무슨 일이나."

예사롭지 않게 여긴 선비는 주위를 살펴봤어. 그러다 높은 나무 위에서 구렁이 한 마리가 까치 새끼를 잡아먹으려고 올라가고 있는 것을 발견했어. 선비는 급히 활을 쏘았어. 구렁이는 선비가 쏜 화살에 정통으로 맞아 그 자리에서 죽어 버렸지. 까치는 고맙다는 듯 연신 '까아악, 깍, 깍' 소리를 내며 주위를 맴돌다 사라졌어.

선비는 다시 가던 길을 재촉했지. 해가 저물자 산꼭대기에 있는 절에서 하룻밤 묵어 가기로 했어. 그런데 아무리 걸어도 절은 가까워지지 않고 같은 길을 맴돌고 있는 느낌이 들었어. 한참 걸은 끝에 외딴집 불빛을 발견한 선비는 한달음에 달려가 문을 두드렸어.

"날이 저물어 하룻밤 신세를 지려 합니다."

선비를 맞이한 젊은 색시는 저녁상도 차려 주고 잠자리도 내어 주었어. 하루 종일 걸은 데다 저녁까지 배불리 먹고 난 선비는 금세 곯아떨어졌어. 얼마나 잤을까. 선비는 갑자기 숨이 막혀 잠을 깼어. 그랬더니 눈앞에 선비의 몸을 칭칭 감은 채 구렁이가 노려보고 있는 거야. 구렁이가 선비를 쏘아보며 말했지.

"아까 네가 쏜 화살에 맞아 죽은 구렁이가 내 남편이다. 내 너를 죽여 남편의 원수를 갚아야겠다."

선비는 살려 달라고 사정을 하며 말했어.

"그 구렁이가 네 남편인 줄 내가 어찌 알았겠느냐? 나는 다만 까치 새끼를 구하려 했을 뿐이다. 그 죄로 과거도 못 보고 이렇게 죽는 것은 너무 억울한 일이다."

선비의 말을 가만히 듣고 있던 구렁이가 말했어.

"그렇다면 네게 기회를 주겠다. 저 산꼭대기에는 아무도 살지 않는 빈 절이 있다. 동트기 전까지 저 절에서 종이 세 번 울리면 너를 살려 주고, 그렇지 않으면 너를 잡아먹겠다."

빈 절에 있는 종이 저절로 울릴 리가 없었지. 선비는 체념하고 눈을 감았어. 그런데 그때였어.

"뎅~ 뎅~ 뎅~."

신기하게도 빈 절에 있는 종이 세 번 저절로 울렸지. 그 소리를 들은 구렁이는 깜짝 놀라더니 마지못해 선비의 몸을 풀어 주고 사라졌지. 동이 트자, 선비는 어떻게 아무도 없는 절에서 종이 울렸는지 궁금했어. 선비는 급히 절로 올라가 보았지. 그러자 종탑 아래 까치 몇 마리가 머리에 피를 흘리며 죽어 있었어. 전날 선비가 새끼를 구해 줬던 까치들이 머리로 종을 때려 소리를 낸 것이었지. 선비는 죽음으로 은혜를 갚은 까치들에 깊은 감명을 받았어.

선비는 과거시험에 급제하고 고향으로 내려가는 길에 그곳에 다시 들렀어. 그리고 까치의 은혜를 입은 산이라 해서 치악산이라는 이름을 붙여 주었지. 이 이야기가 널리 퍼지자 종탑이 있던 빈 절은 크게 번성했는데, 그 절이 바로 치악산 상원사야. _ 강릉시

2-6. 설악산 울산바위 ①—그냥 여기서 같이 살자

옛날 아주 먼 옛날, 하느님은 하늘과 땅과 바다와 산을 다 만들고는, 마지막으로 봉우리가 멋진 산을 꼭 하나 더 만들고 싶었어. 사방을 쭉 돌아보니 강원도 땅이 가장 맘에 들었어. 새로 만드는 산은 '금강산'이라고 이름까지 미리 정했지. 이제 일만 이천 봉이 될 잘생긴 바위들이 필요했어. 하느님은 즉시 방방곡곡에 알렸지.

"자기의 모습에 자신 있는 바위들은 해지기 전까지 모두 금강산에 모이도록 해라."

이 소식을 들은 바위들은 서둘러 길을 떠났지. 울산에는 자기 모습이 둘째가라면 서러울 만큼 멋지다고 생각한 울산바위가 있었어. 그때 울산바위는 낮잠을 자고 있었는데, 주변의 바위들이 떠나느라 소란한 통에 잠이 깼지. 뒤늦게 사정을 알게 된 울산바위는 급히 금강산을 향해 길을 떠났어. 부지런히 태백산령을 넘어 설악산에 닿았는데 어느덧 해는 뉘엿뉘엿 지고 있었어. 울산바위는 그곳이 금강산일 줄 알고 옆에 있는 흔들바위에게 물어봤지.

"이곳이 금강산이나?"

"아니여, 여는 설악산이래. 금강산은 여서 더 가야지 돼."

길을 떠나려는 울산바위에게 흔들바위가 고개를 저으며 말했어.

"금강산엔 벌써 일만 이천 봉이 다 만들어졌대. 이미 늦었어."

"안 돼, 나처럼 잘생긴 바위는 금강산에 있어야 돼."

"어쩔 수 없잖나. 여기 설악산이 바다도 있고 풍광도 멋있으니 우리 기양 이곳에서 살자."

이리하여 울산바위와 흔들바위는 설악산에서 함께 살게 됐지. 울산바위는 병풍처럼 길게 펼쳐진 웅장한 모습으로 유명하고, 흔들바위는 혼자 밀어도 백 명이 밀어도 흔들림이 똑같은 걸로 유명한 바위가 됐어.

2-7. 설악산 울산바위 ②—바윗세를 내라고?

세월이 흘러, 울산바위는 멋진 모습 때문에 설악산의 명물이 되었어. 한번은 울산 부사府使가 설악산에 유람을 왔다가 울산바위가 유명하다는 것을 알았어. 그러자 바위를 관리하는 신흥사 스님도 골려 먹고 돈도 벌 수 있는 꾀를 냈지. 울산 부사는 일부러 신흥사 절의 주지를 찾아가 호통쳤어.

"우리 고을에 있던 이 큰 바위가 너희한테 와 있으니 응당 바윗세를 바쳐야 할 것이다. 그런데 너희는 한 번도 세를 내지 않으니 내가 이렇게 직접 온 것이 아니냐."

울산 부사가 직접 와서 요란스럽게 호통을 치니, 신흥사 주지 스님은 도리가 없었지.

"그럼 바윗세를 드리겠습니다."

그때부터 신흥사는 절에서 농사지은 것을 모두 울산 부사에게 세금으로 바치기 시작했어. 울산 부사는 욕심껏 세금을 걷었고, 해가 갈수록 신흥사는 가난해졌지. 주지스님이 날마다 한숨을 쉬자, 곁을 지키고 있던 동자승이 물었어.

"시님, 무신 걱정으로 그래 낯빛이 어둡소?"

동자승이 자꾸 물으니 주지스님은 그간의 사정을 말했어.

"올해도 득달같이 울산에서 세금을 받으러 올 텐데, 세금을 내고 나면 겨울날 양식이 떨어져 굶어야 할지도 모르겠구나."

한숨 쉬는 주지스님에게 동자승이 자신 있게 대답했어.

"시님, 지가 해결할 테니 저한테 맡겨 주십시오."

며칠 뒤 세금을 받으러 사람이 오자, 동자승이 나가 맞이했지.

"그래, 어찌 오셨습니까?"

"몰라서 묻느냐? 바윗세를 받으러 왔지."

"그래요? 그렇게는 못하겠습니다."

세리[세금 받는 관리]는 기가 막혀서 물었어.

"해마다 내던 세금을 올해는 왜 안 낸단 말이냐."

그러자 동자승이 또박또박 대답했어.

"우리가 원치도 않았는데 당신네들의 바우가 여기 자리를 잡아 손해가 이만저만이 아니오. 저 바우 때문에 나무가 살 수 있소, 풀 한 포기가 살 수 있소? 저 바우가 넓은 지역을 차지하고 있으니 오히려 우리가 크게 손해를 보고 있단 말이오."

세리는 가만히 생각하니 자칫 일을 그르칠 것 같아 꾀를 냈어.

"그렇다면 좋다. 너희들이 꼭 필요 없다고 하면 이 바위를 가져가겠다. 대신 너희들이 이 바위를 가져갈 수 있도록 준비를 해줘야겠다."

"그래 어떻게 준비를 해주면 되겠소?"

"이 절에서 꼰 새끼줄을 가지고 그 바위를 묶어 놓아라. 단, 그 새끼줄은 반드시 재로 꼰 것이어야 한다. 보름 후에 와서 준비가 되면 가져갈 것이고, 만약 너희들이 준비를 못해 바위를 못 가져가게 되면 예전처럼 세금을 내야 한다."

그러자 동자승은 눈도 깜짝하지 않고 시원스럽게 대답했지.

"좋소."

그 길로 동자승은 동네 사람들을 불러다 새끼를 꼬기 시작했어. 그리고 다 꼰 새끼를 소금물에 한 번 적시고는 그것으로 울산바위를 감았지. 동자승이 새끼줄에 불을 지르자 삽시간에 타서 새까만 재로 변했어. 새끼줄 바깥은 그을러 재처럼 보였지만 소금물에 적신 덕에 속은 하나도 타지 않았지.

이윽고 약속한 날짜가 오자 세리가 다시 올라왔어. 동자승이 천연덕스럽게 말했지. "자, 가져가시오." 세리가 올라가 보니 정말로 울산바위가 새까만 재로 된 새끼줄에 묶여 있었어. 세리는 아무 말도 못하고 줄행랑을 쳤지. _양양군 양양읍

2-8. 두 스님과 절에 얽힌 이야기 ①—모든 것은 마음에 달려 있다

옛날에 원효와 의상이 보덕스님 밑에서 공부를 하고 있었어. 어느 날 보덕스님은 둘을 불러 놓고 말했어.

"너희들은 이제 당나라로 가서 공부를 하여라."

원효와 의상은 스승의 뜻에 따라 길을 떠났지. 당나라로 가는 도중에 하루는 눈을 뜰 수 없을 정도로 비가 쏟아졌어. 날은 이미 저물어 칠흑같이 어두워지자 걱정이 된 의상이 말했어.

"더 늦기 전에 비를 피해 잠잘 곳을 찾아봐야겠소."

그때 마침 원효가 동굴을 발견했어. 깜깜한 동굴로 들어간 두 스님은 자리를 잡자마자 깊은 잠에 빠져들었어.

그런데 잠결에 일어난 원효는 너무 목이 말랐어. 주변을 더듬어 보니 물이 담긴 둥그런 바가지가 손에 잡혔어. 원효는 거기에 담긴 물을 아주 달게 마셨지.

다음 날 아침, 날이 밝자 두 스님은 자신들이 잤던 자리를 돌아보고 깜짝 놀라 입을 다물지 못했어. 분명 아늑한 동굴이었다고 생각했던 잠자리는 깊이 파인 무덤이었던 거야. 밤새 해골과 함께 누워 단잠을 잔 거지. 원효는 해골에 담겨 있는 물을 보고는 자기도 모르게 토악질이 나왔어.

"간밤에 그렇게 달게 마신 물이 해골에 고인 물이었다니!"

순간, 원효에게 벼락처럼 깨달음이 왔어.

'같은 물인데 바가지 물이라 생각했을 때는 시원하다고 느끼고, 해골에 든 물이라 생각하니 토악질까지 나오는구나! 모든 것은 마음에 달려 있도다!'

원효는 당나라로 가던 길을 되돌려 고향으로 돌아갔어. 그리고 자신의 깨달음을 포교하며 중생들과 함께 살았지. _ 속초시

2-9. 두 스님과 절에 얽힌 이야기 ②—옮겨 간 물길

중생들에게 포교하며 돌아다니던 원효대사가 설악산에 이르렀는데, 이 산에 아주 상서로운 기운이 흐르는 것을 알았지. 원효대사는 좋은 터를 만난 것을 기뻐하며 이곳에 절을 짓기로 했지. 그런데 절을 짓고 보니 물이 문제였어. 아무리 찾아봐도 샘을 발견할 수 없자, 원효는 답답한 마음에 매일 부처님께 불공을 드렸지. 그러던 어느 날 백발노인이 찾아와 절 근처의 한 지점을 가리켰어. 원효와 스님들이 그곳을 가 보니 정말로 맑은 샘물이 퐁퐁 솟아나고 있었어. 백발노인은 원효에게 당부했지.

"이 샘은 보통 샘이 아니오. 아무리 날이 가물어도 물이 마르지 않고, 또 아무리 비가 많이 와도 넘치지 않을 것이오. 하지만 이 샘물을 다른 곳에서 끌어간다면 샘이 말라 버릴 것이니 명심

하시오."

노인의 말처럼 샘물은 더 나오지도, 더 줄지도 않고 한결같이 차 있었지. 사람들은 이걸 보고 신비로운 샘이라 하여 '영천'靈泉이라 부르고, 절 이름도 영혈사靈穴寺라 지었지. 영혈사는 날로 번창했지.

원효대사는 좀 떨어진 바닷가 바위 위에 홍련암이라는 암자를 짓고 기거했는데 근처에 샘이 없었어. 원효대사는 가까운 곳에 샘을 팠지. 샘물은 언제나 가득 고여 마르지 않았어. 하지만 그날부터 이상하게 영천의 물이 마르는 일이 잦아졌어. 그러자 원효대사는 퍼뜩 노인의 말이 떠올랐지.

"만약 다른 데서 물을 끌어가면 영천의 물은 마를 것이오."

그제야 원효대사는 잘못을 깨달았어. 하지만 잘못을 돌이키기는 늦어 버렸지. 그때부터 영혈사의 신도는 줄어들었고, 그 대신 홍련암을 찾는 사람들 발길이 늘어나게 됐지. _ 속초시

2-10. 두 스님과 절에 얽힌 이야기 ③—관음보살이 정해 준 자리

한편 의상대사는 당나라에서 불법을 공부한 뒤 돌아왔어. 의상은 동해의 바닷가에 있는 한 동굴에 관음보살이 계시다는 소식을 듣고 그곳을 찾아갔지. 그런데 그 동굴 입구는 항상 높고 험한 파도가 치는 곳이라 도저히 드나들 수가 없었어. 의상은 오직 관음보살을 만나려는 일념으로 7일 동안 목욕재계하고 정성으로 불공을 드렸지. 이레째 되는 날, 의상은 마침내 앉은 채로 바다 위에 떠서 동굴 속으로 들어갈 수 있었지. 동굴 깊숙이 들어간 의상이 절을 하자 관음보살이 모습을 나타내며 말했어.

"이 자리 바로 위로 한 쌍의 대나무가 솟아 있을 것이다. 그곳에 법당을 짓도록 하여라."

의상이 관음보살이 가르쳐 준 곳으로 올라가니, 그곳에는 정말 한 쌍의 대나무가 솟아 있었어. 의상대사는 그 자리에 법당을 세우고 관음상을 모셨지. 그리고 절 이름을 관음보살이 항상 머무는 곳이라는 뜻의 '보타낙가산'補陀洛迦山에서 따와서 '낙산사'洛山寺라고 지었던 거야. _ 속초시

2-11. 바닷물을 막은 비석

허미수 선생이 삼척 부사로 온 첫해 여름이었지. 하늘이 컴컴해지더니 동해바다에서 집채만 한 파도가 일어나 마을을 덮쳤어. 마을 사람들은 모두 산으로 피신했어. 며칠 후 바닷물이 빠져 마을로 돌아온 허미수 선생이 사람들에게 물었어.

"올해만 이렇게 태풍이 몰아친 것이오?"

"그기 아이래요. 매년 파도가 동네까지 들리쳐설랑은 애를 먹십니다."

파도 때문에 논밭은 망가지고 마을은 엉망이 됐지. 허미수 선생은 뭔가 방도를 세워야겠다고 생각했어. 그는 뛰어난 필체로 동해바다를 칭송하는 동해송東海頌이라는 비문을 지어 비석에 새겼어. 그리고 비석을 가지고 바다로 나갔어. 그러자 바닷물이 점차 밀려 나가는 거야. 허미수 선생은 삼척읍에서 멀리 떨어진

정라진 바다 앞에 비석을 세웠지.

다음 해 여름이 되었어. 폭풍은 몰아쳤지만, 파도는 거짓말처럼 비석을 넘어오지 않았어. 다음 해도, 그다음 해도 마을에는 풍년이 들었어. 마을 사람들은 모두 허미수 선생의 도력에 감탄하면서 칭송해 마지않았지.

10년이 지나 허미수 선생이 서울로 올라가고 새로운 부사가 삼척에 부임했어. 마을 사람들은 신임사또는 안중에도 없고, 좋은 일이나 궂은 일이 있으면 항상 바다 앞에 세워진 비석을 찾았어. 신임 부사가 그것을 보고 있자니 심사가 뒤틀렸어. 그래서 관리들을 시켜 비석을 없애 버리라고 명령했어.

"이따위 바윗돌이 어떻게 파도를 막겠느냐, 다 헛소리지. 당장 깨뜨려 버려라!"

부사의 명령이 엄하니 사람들은 할 수 없이 비석을 깨뜨렸지. 그런데 그때 갑자기 바람이 일며 거대한 파도가 산처럼 밀려오더니 마을을 덮쳐 버리고 말았어. 신임 부사는 그제야 자신의 실수를 깨달았지만, 이미 비석은 없어진 후였지. 부사와 마을 사람들은 시름에 젖었어. 이때 마을의 한 노인이 부사를 찾아와 동헌 안뜰 깊숙한 곳을 파 보라고 했어. 그러자 깨뜨려 버린 비석과 똑같은 비석이 나왔어. 주위 사람들의 눈이 휘둥그레졌지.

"아이, 어르신. 이기 우떠케 된 일이래요?"

노인은 미소를 지으며 허미수 선생이 서울로 떠나며 자기에게 당부한 이야기를 해줬지.

"이 비석이 없어지게 될 날이 올 것이니, 그때 여기 있는 여분을 쓰시오."

허미수 선생은 자신이 돌아가고 나서 일어날 일까지 미리 예상하고 대비를 한 거지. 지금 삼척시에 있는 척주동해비陟州東海碑가 바로 그 비석인데, 허미수 선생의 멋진 필체를 볼 수 있지. _삼척군 서면

2-12. 강릉 단오굿의 유래

옛날 대관령을 넘으면서 장사를 다니는 한양 조씨가 있었어. 옛날에는 호랑이나 산도적 떼들이 수시로 출몰했기 때문에, 고개를 넘으려면 수십 명씩 모여서 넘어갔지. 하지만 조씨는 그날 밤으로 꼭 대관령을 넘어야 했어. 사람들이 말렸지만 한사코 길을 나섰지.

"아, 약조한 것이 있어 반드시 대관령을 넘어야 될 형편이니 나는 지금 가겠소."

혼자 말을 타고 깜깜한 대관령을 넘던 조씨는 고개 꼭대기에 있는 서낭당에서 담배라도 한 대 피우려고 말을 세웠어. 조씨가 곰방대를 꺼내려다 보니, 짚신과 치마가 여기저기 어지럽게 널려 있는 것이 보였어. 이상스럽게 생각한 조씨는 주위를 살펴봤어. 그러자 서낭당 뒤편에 웬 여자가 머리를 풀어헤친 채 쓰러져 있는 것이 보였어. 조씨는 여자를 말에 싣고 마을로 내려왔어. 마을 사람들은 정성껏 보살폈어. 그제서야 여자는 정신을 차리고 말했어.

"갑자기 친정집이 너무 가고 싶어 질[길]을 나섰잖소. 그런데 대관령에서 범을 만났소. 그 뒤로는 아무 생각이 나질 않소."

여자의 친정집에 기별을 하자 아버지, 오라비들이 모두 몰려왔어. 그들은 조씨 손을 꼭 잡고 말했어.

"이 은혜를 뭘로 갚소. 죽은 목숨을 살렸으니 꼭 대접을 하고 싶소."

여자의 집에서는 술과 음식으로 성대하게 조씨를 대접했어. 다음날 아침이면 길을 떠나야 하는데, 여자 아버지가 헤어지기 서운하다면서 계속 술을 권하는 거야.

"이왕 갈라면 한잔 더 하고 가시우. 자 한잔 더."

결국 조씨는 저녁 어스름에야 비틀거리며 길을 나섰지. 술이 잔뜩 취한 조씨는 대관령 서낭당에 도착했어. 마침 부슬부슬 비가 내려, 서낭당 안으로 들어가 담배를 피워 물었어. 그러는 사이 조씨는 그만 스르르 잠이 들고 말았어. 그런데 비몽사몽간에 눈을 떠 보니 눈앞에 머리를 길게 땋은 처녀가 앉아 있는 거야.

조씨는 깜짝 놀라 잠을 깼어. 그러자 처녀가 말했어.

"사실 나는 강릉 정방마을의 최부자 집 딸입니다. 열아홉 살

때 밤에 머리를 감다가 호랑이가 나를 물어다 여기 서낭당에 버리는 바람에 이승을 떠나게 됐죠. 실은 어제 그 여자를 내 대신 여기 데려다 놓고 저승으로 떠나려 했으나, 당신 때문에 일이 틀어져 버렸어요. 그러니 오월 단옷날에 굿을 해주면 내 혼을 달래 저승으로 갈 수 있을 것 같습니다."

조씨가 눈을 뜨자, 여자는 순식간에 사라졌지. 꿈이라고 하기엔 너무 생생해서 조씨는 꿈에서 알려준 대로 정방 최부자 집을 찾았어. 그 집에 살고 있던 최준집은 오래전에 자기 집안에 그런 일이 있었다는 것을 알고 있었지. 조씨의 이야기를 들은 최준집은 오월 단옷날에 대관령 서낭당에서 굿을 크게 하기로 했어. 지금도 강릉이나 영월에서는 단오굿이 성대하게 열리는데, 바로 여기에서 시작된 거야. _ 영월군 영월읍

3부

강원도 하면 호랑이지

3-1. 안팎이 뒤집어진 호랑이

서울에서 개를 훔쳐 살아가는 사람이 있었어. 올가미로 개를 훔치는데 솜씨가 얼마나 좋은지 백발백중이었어. 이 사람이 가만 생각하니 개를 팔면 겨우 입에 풀칠하기도 바쁘지만 이 재주로 호랑이를 잡아 팔면 큰 부자가 될 것 같았어.

"호피 한 장이면 한밑천 잡는데 여러 장이면 떵떵거리고 살 수 있겠지."

개도둑은 한껏 기대에 부풀었지.

"강원도에는 호랑이가 득시글거릴 거야. 거기로 가자."

개도둑은 올가미를 크고 튼튼하게 만들어 길을 떠났어. 강원도 어느 산속에 이르자 호랑이 울음소리가 들렸어. 개도둑은 발걸음을 멈추고 나무 뒤로 숨었지. 호랑이가 어슬렁거리며 이쪽으로 오자 개도둑은 이때다 싶어 올가미를 던졌어. 올가미에 걸린 호랑이는 거친 숨을 몰아쉬며 울부짖었어. 개도둑이 다가간 순간, 호랑이 입김이 얼마나 센지 그만 호랑이 뱃속으로 빨려 들어가고 말았어. 순식간에 당한 일이라 개도둑이 정신을 차리려고 안간힘을 쓰고 있는데, 잠시 후에 "우당탕 통탕" 하는 소리가 들렸어. 이번엔 기름장수가 기름통을 잔뜩 지고 호랑이 뱃속으로 툭 떨어졌어. 기름장수 역시 어리둥절해서 사방을 둘러보더니 먼저 들어와 있던 개도둑에게 말을 걸었어.

"아, 나는 기름을 팔러 댕기다가 이렇게 오게 됐는데 이거 어뜩해야 옳소?"

"아이, 글쎄 내가 호랑이를 올가미로 잡았는데 외려 호랭이 뱃속으로 들어왔으니 이거 탈났소."

그러던 중에 이번엔 또 방물장수가 들어왔어. 방물장수도 물건을 잔뜩 지고 고개를 넘다가 호랑이 숨결에 빨려 들어온 거지. 먼저 들어온 두 사람이 나중 들어온 사람에게 물었어.

"당신은 뭘 팔러 다니우?"

"아 밸 거 다 있소. 등잔도 있고 부싯돌도 있고 투전목한벌로 되어 있는 투전도 있소."

"마침 잘됐소, 내게 기름이 있으니 등잔에 불을 좀 붙입시다."

불을 붙여 놓고 보니 호랑이 뱃속이기는 하지만 생각보다 편안했지.

"아, 그럼 우리 심심한데 골패 투전이나 합시다."

세 사람이 신나게 투전을 하는데 개도둑에게 오포가 터졌어. 개도둑은 저도 모르게 신이 나서 주먹으로 바닥을 치며 기뻐했어. 그러자 호랑이는 배창자가 찢어지는 것처럼 아팠지. 호랑이는 아픈 것을 참느라고 배에다 힘을 잔뜩 주었어. 그러자 뱃속에 있던 세 사람이 똥구멍으로 '퓽' 하고 빠져나와 나동그라졌어.

정신을 차리고 보니 개도둑의 손에는 여전히 호랑이를 홀겼던 올가미 끈이 쥐어져 있었어. 그 바람에 호랑이 머리가 똥구멍으로 빠져나가 안팎이 뒤집어져 버렸지. 개도둑은 호랑이 가죽을 벗기려고 했지만, 아무리 살펴봐도 호랑이 가죽이 안 보이는 거야. 개도둑은 호랑이가 안팎이 뒤집어진 것을 몰랐어. 그것을 눈치채지 못한 개도둑은 어느 놈이 벌써 호랑이 가죽을 벗겨 갔다고 생각하고 중얼거렸지.

"아이구, 시골엔 도적놈 없다더니 눈만 깜으면 전부 도적놈이네. 도로 서울로 올라가 개나 홀겨 먹어야 되겠다."

개도둑은 호랑이를 잡고도 아무 소득 없이 서울로 돌아와 개나 훔치면서 살았대. _ 횡성군 청일면

3-2. 삼척 호랑이의 세 가지 재주

옛날부터 강원도에는 호랑이가 많이 나타났어. 그중에서도 삼척 호랑이는 투전판 깨고 술 마시고 돈 밝히는 걸로 유명하지. 그런데 삼척 호랑이에게 이런 소문이 붙게 된 데는 사연이 있어.

어느 마을에 호랑이가 나타날 무렵이 되면 나발을 불어 주는 나발쟁이가 있었어. 이 나발쟁이가 저녁이 되어 나발을 불면 사람들은 문을 걸어 잠그고, 새벽이 되어 나발을 불면 안심하고 문을 열었지. 그런데 하루는 나발쟁이가 술을 잔뜩 먹고 저녁 나발 부는 것을 깜박 잊고 그만 잠이 들어 버렸어. 한참을 자다 깬 나발쟁이가 정신을 차렸을 때는 이미 사방이 깜깜해진 뒤였어.

나발쟁이가 허둥지둥 서둘러 마을로 돌아오는데 주막이 보였어. 나발 소리를 듣지 못한 주막에서는 문을 활짝 열어 놓은 채 한바탕 노름판이 벌어지고 있었지. 부엌에서는 주모가 술을 거르느라 정신이 없었어. 나발쟁이가 '아차' 하는 생각에 주막으로 막 들어서려는데, 문 앞에 커다란 호랑이 한 마리가 있는 것을 발견했어. 호랑이는 투전을 벌이는 사람들을 덮치려고 엉덩이를 들썩거리고 있었지. 나발쟁이는 얼떨결에 호랑이 똥구멍에다 대고 나발을 세게 불었어. 그러자 깜짝 놀란 호랑이가 투전판으로 뛰어들었어.

그 바람에 주막은 난리법석이 났지. 호랑이는 산으로 냅다 달아나고, 투전꾼들은 모두 놀라 도망을 가고, 술을 거르던 주모는 그만 까무러치고 말았어. 나발쟁이가 주막 안으로 들어와 보니 투전판에는 판돈이 널려 있고 부엌의 술동이에는 술이 가득했어. 나발쟁이는 느긋하게 투전판의 돈을 다 걷어 챙기고, 술동이의 술을 다 마시고는 유유히 사라졌지. 한참이 지나서 도망갔던 투전꾼들이 돌아오고 주모도 깨어났어.

"아, 돈이 다 어디로 갔더래."

"야, 돈이 다 뭐이나. 정신 좀 차리게 우선 술이나 좀 마시자."

그러자 부엌으로 간 주모가 놀라 소리쳤어.

"아니, 이 술을 누가 다 먹었더래."

나발쟁이를 본 사람은 아무도 없으니 사람들은 모두 호랑이 짓으로 알았지. 이래서 "삼척 호랑이는 투전판 잘 깨고, 술 잘 마시고 돈도 잘 가져간다"는 말이 전해지게 됐어._ 양양군 현남면

3-3. 호랑이의 보은

옛날 홀어머니를 모시고 사는 나무꾼이 있었어. 하루는 나무를 하러 산에 올라 한참 도끼질을 하고 있는데 갑자기 호랑이 울음소리가 들렸어. 나무꾼은 오금이 저리고 심장이 얼어붙는 것 같았어.

'아이고, 이젠 죽나 보네.'

그런데 호랑이가 '어흥어흥' 소리만 낼 뿐, 달려들지 않는 거야. 호랑이는 어디가 아픈지 입을 벌린 채 땅바닥에 뒹굴고 있었어. 나무꾼이 다가가 자세히 보니, 목에 비녀가 걸려 있었어. 나무꾼은 호랑이 입안으로 손을 넣어 그것을 뽑아 주었어. 그러자 호랑이는 고맙다는 듯 고개를 끄덕이더니 산으로 돌아갔어.

이튿날 새벽, 나무꾼과 어머니는 '쿵' 하는 소리에 깜짝 놀라 눈을 떴어. 밖으로 나가 보니 호랑이가 마당에다 나무를 한 짐

쏟아 놓고 돌아가는 거야.

"야야, 뭔 호랑이가 낭구를 가져다 주나?"

"어제 내가 호랑이 목에 걸린 비녀를 빼 주었는데 그 호랑인가 보네요."

호랑이는 그 후로도 매일 나무를 마당에 던져 놓고 갔어. 덕분에 나무꾼네 집은 살림이 확 피었지. 형편이 나아지니 어머니는 아들이 나이가 들도록 장가를 못 간 것이 마음에 걸렸어.

"야야, 니도 장개를 들어야 하잖나?"

"그라이 이 두메산골에 누가 시집을 오나."

그때 마침 호랑이가 둘의 이야기를 들었어. 이튿날 새벽, 이번에도 마당에 '쿵' 하는 소리가 났지. 나무꾼과 어머니는 또 호랑이가 땔감을 해온 것이라 생각했어. 그런데 마당에는 나뭇짐이 아니라 웬 자루가 놓여 있었어. 그 속에는 예쁜 색시가 정신을 잃고 쓰러져 있었지. 나무꾼과 어머니는 색시를 방으로 데리고 들어와 정성껏 보살폈어. 색시가 정신이 들자, 나무꾼은 그간의 사정을 얘기했어. 결국 호랑이가 맺어 준 인연으로 두 사람은 부부가 되어 자식도 낳고 잘 살았지.

그러던 어느 날 밤, 한동안 모습을 보이지 않던 호랑이가 나무꾼의 꿈에 나타났어.

"며칠 후에 서울 장안에 호랑이가 나타나 난동을 피울 것이오. 그게 바로 나요. 당신이 나를 잡아 공을 세우면 나라에서 큰 벼슬을 내릴 것이오."

"아니다. 니가 내게 해준 것이 얼만데 내가 너를 어찌 죽인단 말이냐?"

호랑이는 머리를 절레절레 흔들며 말했어.

"나는 이미 죽을 날을 받아 놓았으니, 당신이 총을 쏘지 않아도 죽습니다. 사흘 후 동대문으로 나와 나를 보는 즉시 총을 쏘시오."

사흘 뒤, 정말로 서울 장안에 호랑이가 나타나 난동을 피웠어. 한양으로 간 나무꾼은 약속대로 호랑이에게 총을 겨누었어. 하지만 차마 호랑이를 맞히지 못하고 허공에 대고 쏘았지. 그러자 호랑이는 마치 총을 맞은 듯 피를 토하며 그 자리에 쓰러져 죽고 말았어. 피해 있던 사람들이 달려 나오며 소리를 질렀어.

"호랑이가 죽었다."

나무꾼은 속으로 뜨거운 눈물을 삼켰지. 호랑이의 말대로 나무꾼은 나라에서 큰 벼슬을 받았어. 호랑이는 죽는 순간까지 나무꾼에게 은혜를 갚은 거지. _ 속초시 양양읍

3-4. 불심 깊은 호랑이

옛날 강원도 깊은 산골짜기에 '법궁사'라는 작은 절이 있었어. 그 절엔 주지스님과 동자승 단둘이 살고 있었지. 주지스님은 동자승이 걱정되어 어디를 가든 다른 데서 묵지 않고 늦더라도 꼭 돌아왔어. 그날도 주지스님은 늦게 볼일을 끝내고 한밤중에 돌아오게 되었지. 눈이 내려 온 세상이 은빛이었어. 주지스님은 염불을 외며 푹푹 빠지는 눈길을 걷고 있었어. 막 산속으로 접어들었을 때, 난데없이 호랑이가 나타나 길을 막았어.

"이놈, 어서 비키지 못할까!"

스님이 호통을 치자 호랑이는 머리를 숙이더니 등을 돌려 대 주었어.

"등에 타란 뜻이냐?"

호랑이는 고개를 끄덕였어. 호랑이는 스님을 등에 태우고 눈

깜짝할 사이에 법궁사에 내려 주고는 사라졌어.

다음 날 법당으로 향하던 동자승은 깜짝 놀랐어.

"시님, 시님! 저기 호랑이가 나타났어요."

주지스님은 간밤에 신세를 진 호랑이라는 것을 알아보고 먹을 것을 주었어. 그러나 호랑이는 거들떠보지도 않았어. 주지스님은 혹여 어디 아픈 곳이라도 있는지 살펴보았지만 그런 곳도 없었어. 호랑이는 그저 주지스님만 간절하게 바라보았어.

"허어, 배도 고프지 않고 아프지도 않은데 저리 앉아 있으니 무슨 일인고!"

옆에 있던 동자승이 말했어.

"시님, 호랭이가 우리랑 살고 싶은 게 아닐까요?"

"으음, 그럴 수도 있겠구나. 호랭아, 우리랑 같이 살고 싶은 거이나?"

호랑이는 기다렸다는 듯이 고개를 끄덕였어. 그날부터 호랑이는 주지스님과 동자승과 함께 절에서 살게 되었지. 동자승과 호랑이는 함께 예불도 드리고 밥도 같이 먹으면서 둘도 없는 단짝이 됐지. 호랑이는 아침저녁으로 들려오는 예불 소리에 사나운 마음이 가라앉는 것이 너무 좋았어.

그러던 어느 날 주지스님이 출타하며 동자승과 호랑이를 불러 당부를 했어.

“오늘은 꽤 늦을 것 같으니 기다리지 말고 자도록 해라.”

“예, 염려치 말고 댕겨 오세요.”

“그리고 호랑이 너는 요즘 사냥꾼들이 돌아다니니 절대 마중 나오지 말거라.”

그날 밤 동자승은 스님이 당부한 대로 일찍 잠이 들었어. 하지만 호랑이는 스님이 걱정되어 잠이 오지 않았어. 호랑이는 평소 스님이 다니는 길로 슬슬 내려가기 시작했지. 동네 어귀가 보이는 곳까지 내려왔을 때였어. 난데없이 사냥꾼 무리가 나타났어. 호랑이가 ‘아차’ 하는 생각이 들었을 때는 이미 늦어 버렸어.

“탕!” 하는 소리와 함께 호랑이가 풀썩 쓰러졌어. 스님과 동자승의 슬픔은 이루 말할 수가 없었어. 스님은 호랑이가 죽은 자리에 비석을 세워 주었어. 비록 짐승이었지만 경을 듣고 예불을 드린 호랑이를 기리는 뜻으로 호비虎碑를 세운 거지. _ 영월군 주천면

3-5. 황해도 황포수와 백두산 백호랑이

옛날부터 호랑이 하면 백두산 백호랑이가 유명하고, 포수 하면 황해도 황포수가 유명했지. 백두산 백호랑이는 황해도 황포수를 잡아먹기가 원이었고, 황해도 황포수는 백두산 백호랑이를 잡는 것이 원이었어. 그러던 중에 대관령에 백호랑이가 나타났다는 소문이 돌았어. 백호랑이가 나타나기만을 기다리던 황포수는 철환을 잔뜩 짊어지고 대관령으로 향했어.

황포수가 대관령 꼭대기에 올라보니, 웬 스님 한 분이 웃옷을 벗어 이를 뚝뚝 잡고 있었어. 황포수는 잠시 쉬어 가려고 스님 옆에 앉았어. 그러자 스님이 말했어.

"보아 하니 포수 같은데 뭘 잡으러 가시오?"

"아, 난 황해도 황포수요. 백두산 백호랭이가 하도 유명해서 내가 한번 잡아 보려 가는 질이오. 그런데 스님은 여서 뭘 하시우?”

황포수라는 소리에 스님이 갑자기 눈을 번뜩이며 말했어.

“잘 만났소. 내가 바로 그 백두산 백호랑이오. 황포수가 호랑이 씨를 말린다고 해서 나도 벼르고 있었소.”

그 말이 끝나기가 무섭게 스님은 세 번 재주를 넘어 백호랑이로 변했어. 황포수는 깜짝 놀라 벌떡 일어나서 소리쳤어.

“오냐. 잘 만났다. 오늘 니가 죽나 내가 죽나 여기서 사생결단을 내자.”

“그래. 그럼 어디 나를 한번 잡아 봐라.”

황포수가 총알을 잔뜩 재서 쏘기 시작했어. 그런데 과연 백두산 백호랑이는 예사 호랑이가 아니었어. 황포수가 총을 쏠 때마다 앞발로 총알을 척척 받아 냈어. 번쩍하면 받아 놓고, 번쩍하면 또 받아 놓고. 이제 황포수의 총알은 한 발밖에 남지 않았어.

‘이러다간 백호랑이를 잡기도 전에 내가 먼저 죽게 생겼군.’

순간, 황포수에게 좋은 생각이 떠올랐어. 황포수는 재빨리 돌멩이 하나를 주워 총구멍에 넣고는 방아쇠를 당겼어. 백호랑이가 먼저 날아오는 돌멩이를 앞발로 잡는 순간, 뒤이어 날아온 총알이 백호랑이의 머리에 명중했어. 백호랑이는 그 자리에 꼬꾸라져 죽고 말았지._횡성군 서원면

3-6. 호환을 면한 스님 이야기

옛날 강원도 산골에 정승 벼슬을 지낸 노인이 살고 있었어. 하루는 날이 저물었는데, 웬 스님이 문 앞에 서서 목탁을 두드리는 거야. 목탁 소리를 들은 노인은 하인에게 말했어.

"얘야, 스님이 뭘 좀 달라시는가 보다. 어서 좀 내다 드려라."

그런데, 스님은 시주를 받을 생각은 하지 않고, 집안으로 불쑥 들어오더니 노인에게 말했어.

"시주를 달라는 것이 아니라 대감댁에서 하룻밤 묵게 해달라 그겁니다."

노인은 스님의 얼굴을 힐끗 봤어. 관상을 볼 줄 아는 노인은 스님이 당장 오늘밤 호랑이에게 잡혀 갈 팔자라는 걸 알았어. 그런 사람을 재웠다가는 집안이 난리가 날 것이 뻔하니까 재워 줄 수가 없었지.

"못 자요. 우리 집은 방이 없소."

"하룻밤만 쉬고 갑시다."

"안 된다니까 그러시오."

"대감, 방이 없다믄 퇴말툇마루에서 쉬어 가겠습니다."

"안 되오."

"정 그러면 안마당에서라도 쉬어 가게 해주십시오."

노인은 차마 스님이 안마당에서라도 자고 가게 해달라고 하는 것까지 거절할 수는 없었어. 할 수 없이 마당에 거적을 깔아 주고 저녁을 대접했지.

저녁 식사를 마친 스님은 거적 위에 앉더니 곧장 천수경불경의 일종. 천수관음의 유래와 발원, 공덕을 말한 경문으로 천수다라니경이라고도 함을 외기 시작했어. 노인은 호랑이가 나타날 것이 무서워 마루 밑에 숨어서 스님의 염불 소리를 듣고 있었어. 그런데 천수경을 여러 번 읊는데 매번 한 구절을 빼먹는 거야.

'이상하다, 스님이 천수경을 모를 리가 없는데….'

그런데 스님이 한창 천수경을 읊고 있는 동안 하늘에서 큰 항아리가 내려오더니 경을 외고 있는 스님을 덮어 버렸어. 스님은 항아리 속에 갇힌 채로 계속 불경을 읊었지.

이윽고 먼 데서 '어흥' 하는 소리가 나더니 커다란 호랑이가 안마당으로 뛰어들어 왔어. 호랑이는 곧바로 스님이 앉아 있는 곳으로 달려와 이빨을 드러내며 으르렁거렸지. 하지만 스님이 항아리 속에 있으니 물지 못하고 항아리 주위를 계속 뱅뱅 돌기만 했어. 결국 날이 밝아오니 호랑이는 그냥 돌아갈 수밖에 없었어.

날이 밝자, 숨어 있던 노인은 스님이 무사한지 보려고 마당으로 나왔어. 안마당에는 어느새 스님이 단정한 모습으로 앉아 있었지.

"엊저녁에 스님을 받지 않은 것은 스님이 호랑이한테 물려 갈 팔자였기 때문에 그렇게 한 것입니다."

그러자, 스님이 대답했어.

"저두 압니다. 하지만 이 댁 풍수가 액을 물리칠 유일한 방법이었습니다. 그래서 염치불고하고 댁에서 자고 가기를 청한 것입니다."

"그런데 스님, 천수경을 외는 내내 한 구절을 빼고 외던데, 뭔 사정이 있던 것입니까?"

"아, 천수경을 빠짐없이 다 외면 제가 뒤집어쓰고 있는 항아리 모양이 완벽하게 되니까 숨을 쉴 수가 없게 되지요. 그래서 일부러 한 구절을 빼고 읊어 항아리 한쪽 모양이 비게 한 것입니다."

노인은 스님의 도력에 탄복했어. 노인 덕에 호랑이에 잡아먹

힐 팔자를 피한 스님은 노인에게 합장하고 길을 떠났지. _춘성군

북산면

4부

천태만상 여인들의 삶

4-1. 그대와 내가 오늘밤 인연을 맺는다면 —자기 삶을 스스로 가꾸는 여인들 ①

옛날 한 나그네가 서울로 과거를 보러 가고 있었어. 산길을 가다 보니 날이 저물어서 묵을 곳을 찾는데, 멀리 불빛이 새어 나오는 초가집이 보였어. 나그네는 그 집에서 묵어야겠다고 생각하고 문을 두드렸어. 그러자 소복을 한 아름다운 여인이 나오는 거야.

"웬 손님이 밤중에 이래 찾아오시오?"

"서울로 과거를 보러 가는 길인데, 재를 넘다 보니 날이 저물어 하룻밤 신세를 지려 하오."

여인은 선선히 나그네를 맞아 방으로 들어오게 하고 저녁밥도 차려 주었지. 밥상을 물리자 여인은 말했어.

"손님은 아랫목에서 주무시오."

그러고는 윗목에 앉아 바느질을 하기 시작했어. 단칸방에 생판 처음 만난 젊은 여인과 함께 있으니, 나그네 마음이 솜방망이

질을 했지. 결국 나그네는 여인에게 간청했어.

"이 깊은 산중에 누가 알겠소? 우리 인연 한번 맺어 봅시다."

그러자 여인이 말했지.

"아, 그래시면 좋은 수가 있습니다. 지금 과거를 보러 가신다니 내가 글을 한 짝 질 테니지을 테니 그 대구對句*를 채우시오."

"그거 좋지요."

여인이 먼저 선창을 했는데, '인연결어차야'因緣結於此夜, 즉 '그대와 내가 오늘밤에 인연을 맺으면'이라는 내용이었지. 글을 읽은 선비가 이 정도는 쉬울 거라고 생각한 나그네는 이것저것 마구 끌어다 대구를 말했어. 하지만 여인은 계속 고개를 저었어.

"그것은 대구가 안 됩니다."

대구를 빨리 채워야 여자를 안을 수 있는데, 그게 안 되니 나그네는 애가 탔지. 그러다 그만 날이 훤하게 새고 말았어. 명색이 선비인데 밤새 대구 하나 만들어 내지 못한 나그네는 창피해서 서둘러 행장을 챙겨 길을 나서려 했지. 그런데 여인이 아침밥을 먹고 가라며 상을 내왔어. 나그네는 밥 생각이 전혀 없었지만, 채우지 못한 대구가 뭐였는지 궁금해서 밥상을 받으며 물었지. 그러자 여인이 대답했어.

* 대구란 비슷한 어조나 어세를 가진 것으로 짝 지은 둘 이상의 글귀를 말한다. 특히 한시를 비롯한 시가 문장에 많이 쓴다.

"그대가 나와 오늘밤 인연을 맺게 된다면, '고부곡어황천故夫哭於黃泉, 나의 남편이 황천에서 울겠네'올시다."

나그네는 더 부끄러워 얼굴이 벌겋게 달아올라 뛰다시피 하여 집을 나와 버렸어. 하지만 지난밤, 욕정 때문에 여인을 범하려 했던 순간을 넘기게 해준 여인의 지혜로움을 깊이 마음속에 새겼어.

4-2. 죽은 남편이 황천에서 울겠네
—자기 삶을 스스로 가꾸는 여인들 ②

한양에 도착한 나그네는 친구네 집을 찾아갔어. 어린 시절을 함께했던 친구를 오랜만에 만나는 터라 놀래 줄 생각으로 직접 친구가 거처하던 방 앞에 가서 친구를 불렀어.

"여보게, 안에 있는가?"

그랬더니 안에서는 웬 색시가 문을 열며 나왔어.

"아, 어서 들어오시지요."

나그네는 친구가 보이지 않아 망설이다가 방으로 들어갔지. 색시는 방으로 들어와 앉은 나그네에게 말했어.

"제 신랑을 찾아오신 것 같은데, 그분은 혼례를 올린 지 얼마 안 되어 그만 세상을 하직하셨습니다."

이미 죽은 친구를 볼 수도 없고, 죽은 친구 부인과 한방에 같이 있는 것이 불편했던 나그네는 얼른 일어서며 작별인사를 했어.

그러자, 색시가 갑자기 나그네를 붙잡았어. 이유인즉, 죽은 신랑 대신, 나그네가 신랑이 되어 달라는 거였어. 색시의 호소가 너무 절절해서 나그네는 단번에 거절하지 못하고 우물쭈물하다가, 퍼뜩 좋은 생각이 떠올랐어.

"부인의 뜻이 정 그렇다면 내가 글을 한 수 지어 부를 테니, 그 대구를 채우면 소원을 들어 드리리다."

나그네는 지난밤 산속에서 여인에게 받았던 문장을 들려주었어.

"'군지오지결인연君之吾之結因緣, 그대가 나와 인연을 맺는다면', 여기에 대구를 채워 주시오."

친구의 처는 밤새도록 궁리를 해봐도 대구를 채울 수 없었어.

"이제는 가야 되겠습니다."

그러자 친구의 색시가 말했지.

"대를 못 채우고 이 지경이 됐으니 부끄럽습니다. 대구가 무엇이온지요?"

"'고지부지곡황천故之夫之哭黃泉이라, 죽은 남편이 황천에서 울 것이다'입니다."

여자는 그 말을 듣고 남자를 보며 말했지.

"옳은 말씀입니다만, 남편은 이미 이 세상 사람이 아닙니다.

죽은 남편을 그리워하며 한평생을 살 수는 없는 일입니다. 제가 다시 대구를 지어 드리겠습니다. '그대와 내가 인연을 맺는다면, 고지부지열황천故之夫之悅黃泉, 황천에 있는 남편도 기뻐할 것입니다'." _ 영월군 영월읍

4-3. 구렁덩덩 선비를 찾아

옛날 어떤 마을에 얼굴은 사람이고 몸은 구렁이인 젊은이가 살았어. 그런 아들을 장가보낼 걱정이 태산이었던 젊은이의 아버지는 딸 셋과 가난하게 사는 옆동네 선비에게 넌지시 물어봤지.

"자네는 딸이 셋이나 있으니 그중 하나를 며느리로 주지 않겠나?"

구렁이 아들에 대한 소문을 들어 알고 있던 선비는 난처했어. 하지만 평소 그 집에서 쌀도 꾸어 먹고 여러 가지 도움을 받았는데 딱 잘라 거절하기가 쉽지 않았지. 마지못한 선비는 집으로 돌아가 딸들에게 말했어.

"옆동네 구렁이 총각한테 시집갈 테냐?"

그러자 큰딸이 대답했어.

"아니, 아무리 시집갈 데가 없어도 난 구렁이한텐 안 가요."

둘째딸도 펄쩍 뛰면서 안 간다고 했지.

그런데 셋째딸은 부모가 권하자 순순히 승낙을 했어.

"어머니·아버지가 가라면 지가 가겠습니다."

결국 셋째딸은 구렁이 아들과 식을 올리고 첫날밤을 맞았어. 밤이 깊어지자 이상하게 신방에는 그윽한 향기가 퍼지고 안개가 자욱하게 끼기 시작했어. 셋째딸은 겁이 나서 이불을 뒤집어 쓴 채 엎드려 있었어. 한참 시간이 지나 방안을 둘러보니, 안개는 싹 걷혀 있었고, 자기 옆에 누워 있어야 할 구렁이는 온데간데없이 사라진 거야. 그리고 방 안에는 키가 훤칠하고 늠름한 선비가 하나 서 있었어. 선비는 빙긋이 웃으며 셋째딸에게 말했어.

"나는 하늘의 원한을 사서 그 벌로 구렁이 껍질을 쓰게 됐소. 장가를 가야만 그 벌을 면할 수 있었는데, 당신이 나와 혼인한 덕에 껍질을 벗게 된 거요."

그러면서 선비는 구렁이 허물을 셋째딸에게 주며 당부했어.

"이것은 내 분신이나 다름없소. 만약 이것을 잃어버리면 나도 사라지게 될 것이니 잘 간수하시오."

다음 날 아침, 집안은 난리가 났어. 구렁이는 온데간데없고 훤칠한 선비가 나타났으니 말이야. 제일 놀란 것은 언니들이었지. 둘은 막냇동생을 불러 물었어.

"어떻게 구렁이가 그런 선비가 됐나?"

셋째 딸은 자초지종을 말해 줬지. 샘이 나서 견딜 수가 없었던 언니들은 동생이 숨겨 둔 구렁이 허물을 몰래 훔쳐서 태워 버렸어. 순간, 구렁이 선비는 갑자기 어디론가 사라져 버렸어.

하루아침에 신랑이 사라지자, 셋째딸은 남편을 찾아 방방곡곡을 돌아다니기 시작했어.

하루는 밭에서 혼자 김을 매는 아낙네에게 물었어.

"구렁덩덩 선비님 보셨나요?"

"이 밭을 다 매 주면 갈켜[가르쳐] 줄게."

셋째딸이 힘을 다해 김을 매주자, 아낙이 말했지.

"저 앞산 제일 높은 고개 너머에 있는 까치한테 물어보라."

셋째딸은 고개를 단숨에 올라 까치에게 물었지.

"까치야, 까치야, 우리 구렁덩덩 선비님이 어디 계신지 가르쳐 주겠니?"

"배고파 우는 내 새끼들 먹이를 구해 주믄 갈켜 줄게."

셋째딸은 산속을 헤집고 다니며 벌레를 잡아다 주었어. 어미 까치가 말했어.

"내가 날아오르는 길을 따라오면 알게 될 거야."

까치가 휙 날아오르자 셋째딸은 그 길을 따라 하염없이 걸었지. 가는 도중에도 나무에게, 바위에게, 구름에게 구렁덩덩 선비님이 어디 있냐고 물었어. 하지만 모두 못 봤다고 대답했지. 큰 마을에 도착해서도 셋째딸은 이 사람, 저 사람을 붙들고 구렁이 선비의 행방을 물었어.

그러던 중, 드디어 신랑의 소식을 알려 주는 사람을 만났어. 셋째딸은 한달음에 신랑에게 달려갔지. 하지만 갖은 고생을 하며 찾아낸 신랑은 버젓이 새 부인을 얻어 살고 있었어. 그래도 구렁이 신랑은 반갑게 맞으며 말했어.

"내가 당부하지 않았소? 구렁이 껍질이 없으면 나는 당신과 살 수 없소. 오직 당신이 나를 찾아와야 만날 수 있는데, 당신이 이리 찾아왔으니 얼마나 반가운지 모르오. 하지만 지금 당신하고 그냥 돌아간다면 새 부인의 원한을 살 것이오. 나는 당신과 새 부인에게 공평하게 내기를 걸어 이기는 사람과 같이 살겠다고 말할 것이오. 여기까지 오느라 힘들었겠지만, 당신이 그 고생을 해서 여기까지 온 것을 보면, 분명 내기에서도 이길 수 있을 거요."

구렁이 선비는 두 여자에게 딸기를 따 오라고 했어. 눈 쌓인 동지섣달에 딸기가 날 턱이 없지. 먼 길을 오느라 지친 셋째딸은 깊은 골짜기 눈밭을 헤매다 그만 정신을 잃고 말았어. 얼마나 시간이 지났을까, 따뜻한 기운에 눈을 떠 보니 양지바른 곳에 탐스러운 딸기 하나가 열려 있었어. 셋째딸이 그것을 따 가지고 가자, 나중 부인이 화를 벌컥 내며 한 번 더 내기를 하자고 졸랐어.

"그럼, 하나 더 합시다. 호랑이 눈썹 세 개를 뽑아 오면, 그 사람과 같이 살겠소."

두 여자는 다시 사방을 돌아다니며 호랑이 눈썹을 찾아 헤맸지. 셋째딸은 신랑을 찾아다니던 것처럼 이곳저곳을 다니며 호랑이 눈썹이 어디 있는지 물었지. 그러다 깊은 산골짜기에서 나오지 못하고 그만 날이 저물어 버렸어. 어둠 속에서 불빛이 비치는 곳이 있어 가 보니 초가집이 한 채 있었어. 그 집에는 머리가 하얗게 센 할머니가 있었지.

"아, 어짠 일로 여기를 밤에 왔소?"

"호랑이 눈썹을 구하러 돌아다니다가 이리저리 헤매다 보니 날이 저물었어요."

할머니는 갑자기 목소리를 죽이고 말했어.

"우리 아들 셋이 모두 호랭이여. 지금 사냥을 갔는데, 색시가 여기 있으믄 죽을 것이여. 그라이 먼 데로 가야겄소."

셋째딸은 할머니 아들들이 호랑이라는 이야기를 듣고는 눈썹을 뽑아 달라고 사정사정했어. 그때 밖에서 호랑이 소리가 났어. 할머니는 셋째딸을 벽장에 숨기고 호랑이 아들들을 맞았지. 호랑이들은 들어오면서 킁킁 냄새를 맡으며 말했어.

"어디서 사람 냄새가 나는기, 웬 사람이래?"

"이놈들아, 내가 너무 늙어 사람이 됐으이 사람 냄새지, 무슨 사람이 있다고 하나?"

할머니가 그렇게 말하니, 호랑이들도 더 의심하지 않고 이내 깊은 잠에 빠졌지. 할머니는 잠든 호랑이 아들의 눈썹 세 개를 뽑아 셋째딸에게 주었어.

"구렁덩덩 서방님, 호랑이 눈썹을 구해 왔어요."

시합에서 진 나중 부인은 아무 말도 못하고 떠나 버렸어. 구렁이 신랑은 그제서야 빙긋이 웃으며 셋째딸의 손을 잡았어. 모진 고생을 하고 다시 만난 셋째딸과 구렁덩덩 선비는 서로를 아끼면서 오래오래 행복하게 살았대. _ 횡성군 공근면

4-4. 외도를 눈감아 준 현명한 노인

강원도 한 고을에 김정승으로 불리는 노인이 살았어. 그는 느지막이 아들을 하나 낳았지. 늦둥이 아들이 맘에 걸린 김정승은 아들이 아홉 살이 되자, 열여덟 살 색시와 일찌감치 혼인을 시켰어. 얼마 지나지 않아 김정승과 부인은 차례로 세상을 떠나 버렸어. 김정승이 워낙 청렴했던 터라 남겨 놓은 재산이 별로 없었지. 김정승의 며느리는 자신의 머리카락까지 잘라 팔아서 살림을 유지했어. 그 모습을 지켜본 김정승의 아들은 이를 악물고 열심히 공부했어. 마침내 어린 나이에도 불구하고 과거에 급제해 단번에 평양 감사를 맡게 됐지.

당시에는 평양 감사를 맡으면 두 해 동안은 식솔들을 데려갈 수 없었어. 김정승의 어린 아들은 부인을 혼자 남기고 가는 것이 걱정됐지. 궁리 끝에 아버지와 친했던 건넛마을 이생원에게 부인을 보살펴 달라고 부탁했어.

김정승의 아들은 멀리서 부인을 생각하며 공단으로 된 치마 저고리와 은가락지를 보냈어. 부인은 옷과 가락지를 걸치고 밖에 나가 뽐내고 싶은 마음이 구름처럼 일었지만 이생원은 절대 허락하지 않았어.

"아녀자가 함부로 문밖 출입을 하면 안 되오."

하지만 부인은 매일같이 이생원에게 졸랐어.

"날이 하마 이러키 좋은데 딱 한 번만 꽃구갱하고 오겠습니다."

하도 간곡히 부탁하니, 이생원도 어쩔 수 없이 허락을 하고 말았어. 부인은 뛸 듯이 기뻐서 공단 저고리에 은가락지까지 끼고 밖으로 나갔어. 한참 바깥 구경을 하는데, 헐거운 은가락지가 쏙 빠져나가더니, 공교롭게도 길 가던 동네 건달 장씨의 이마에 정통으로 맞았어. 장씨는 가락지를 집어 들더니 음흉하게 웃으며 다가왔어.

"가락지가 내 이마에 떨어진 건 무신 인연인가."

"그건 모르겠고, 아무튼 우리 서방님이 주신 가락지를 돌려주시오."

그러자 건달이 말했어.

"가락지를 돌려주면 머를 해줄 거요?"

"가락지만 돌려준다믄 하란 대로 다 할 거요."

결국 부인은 가락지를 돌려받는 조건으로 건달과 하룻밤을 지냈지. 하지만 하룻밤은 이틀밤이 되고 이틀밤은 사흘밤이 되고, 그렇게 두 해가 지나갔어. 부인은 처음에는 무서워서 저항하지 못했지만, 시간이 지나면서 건달하고 지내는 것이 익숙해졌어. 이제는 평양 감사 신랑이 안 와도 좋을 것 같다는 생각을 하게 됐지.

친구 며느리가 이런 짓을 하리라고는 꿈에도 생각지 못했던 이생원은 어느 날 한밤중에 소변이 마려워 밖으로 나왔지. 그런데 부인 방에서 남자 목소리가 들리는 거야. 깜짝 놀란 이생원은 마루 밑에 숨어서 방 안에서 나는 소리에 귀를 기울였어.

"시아부지 지사[제사]가 아무날이여. 그램 평양 감사가 올 것인데 우떠케 할 테냐?"

"그까짓 평양 감사, 내일 날만 새믄 자객을 보내서 대번 목을 베온다."

이 말을 듣던 이생원은 깜짝 놀라서, 그 길로 말을 달려 자객을 따라잡았어.

"네 이놈, 네가 지금 장가 놈으 말을 듣고 평양 감사 목을 베러가는 길이렷다."

그 소리에 놀란 자객은 벌벌 떨며 대답했어.

"아이고, 목숨만 살려 주시오."

"살고 싶거든 장가 놈의 목을 베어라."

건달은 오히려 자신이 보낸 자객에게 죽임을 당했어. 이생원은 친구 며느리에게 그간의 사정은 말하지 않을 테니 앞으로는 남편을 잘 보필하라고 당부했어. 아무것도 모르는 김정승의 아들은 부인과 함께 평양으로 돌아가, 평생 잘 살았대. _ 강릉시

4-5. 항아리를 두드리며

옛날 강원도 호젓한 산골에 장주라는 사람이 부인과 단둘이 살고 있었어. 하루는 장주가 어디를 다녀오다 새로 떼[잔디]를 입힌 무덤 앞을 지나게 됐어. 그런데 소복을 입은 젊은 여인이 무덤에다 대고 부채질을 하고 있는 거야. 이를 괴이하게 여긴 장주가 물었지.

"무슨 연유로 산소에 부채질을 하시오?"

"남편이 죽으면서 '산소에 떼나 마르거든 개가하시오'라며 부탁을 했어요. 그래 떼가 빨리 마르라고 이렇게 부채질을 하고 있다오."

장주는 너무 어이가 없어 집에 돌아와 부인에게 이 이야기를 했어. 그러자 부인은 그 여인을 경멸하며 말했지.

"아니, 그런 인간의 도리도 모르는 상것이 있소?"

부인이 그렇게 말하자, 장주는 부인을 한번 시험해 보고 싶은 마음이 생겨, 한 가지 꾀를 냈지.

며칠 후 비가 쏟아지고 번개가 치는 날, 장주는 저녁을 먹고 멀쩡하게 있다 토사곽란을 일으키며 쓰러져 죽은 체를 했어. 갑자기 남편이 죽자 부인은 머리를 풀어헤치고 통곡을 했어. 한참을 울고 있는데 밖에서 누군가 부르는 소리가 들렸어.

"이보게, 장주 있는가?"

인기척이라고는 찾아볼 수 없던 집에 누군가가 오자 부인은 눈물을 멈추고 달려나갔지.

"누굴 찾으세요?"

"여기가 장주 집이라고 알고 왔는데, 지금 안에 있습니까?"

그 말을 듣자 부인은 더욱 서럽게 울었어.

"그 양반이 방금 운명하셨어요."

장주가 죽었다는 말에 친구는 곡을 하며 방안으로 들어왔어.

"나하고 둘도 없는 친구가 떠나다니, 이 사람이 죽을 때가 아닌데 어찌 된 일인가…."

장주의 부인이 함께 곡을 하며 남편의 친구를 힐끗 보니 죽은 남편보다 인물도 훤칠하고 차림새도 부자 티가 났어. 부인은 저도 모르게 남자가 욕심이 났지. 장주의 부인은 대뜸 남자의 손을 잡으며 말했어.

"어차피 나는 시집온 지도 얼마 안 되고 자식도 없는 처지요. 이 외딴집에 나 혼자 어떻게 살 수 있겠소. 그러니 나하고 같이 삽시다."

하지만 남편 친구는 근심스러운 얼굴빛을 띠며 말했어.

"그렇게 못할 것도 아니지만, 나한테는 아주 몹쓸 병이 있어서 살아 봤자 몇 달 못 사니 난감합니다."

여자는 애석해하며 물었어.

"뭔 병이더래요?"

"말할 수도 없고 고칠 수도 없는 병이오. 약이 딱 하나 있지만 구하지 못하니 없는 거나 마찬가지요."

"그 약이 뭐래요?"

"아, 그게 사람 골을 먹어야 되는 병인데 어디서 사람 골을 구하겠소?"

여자가 가만히 생각해 보니, 방 뒤켠에 둔 죽은 남편이 생각이 났지.

"죽은 사람 골두 약이 될라믄 되겠소?"

"그야 죽은 사람 골도 되긴 되지만 누가 시체 골을 빼서 나를 주겠소?"

여자는 생각했어. '어차피 남편은 죽었으니 그 골을 빼서 이 사람 병을 고쳐 같이 살아야겠다.' 생각이 여기에 미치자, 여자는 곧바로 도끼를 들고 들어와 누워 있는 남편의 머리를 향해 내리치려 했어. 그 순간, 장주는 잠자다 일어난 것처럼 눈을 비비고 일어나며 말했어.

"어이, 이 사람아, 도끼를 들고 무엇하는가?"

여자는 깜짝 놀라 도끼를 내던지고 밖으로 뛰어나갔지. 한참을 지나도 부인은 돌아오지 않았어. 장주는 부인을 찾으려 이리저리 돌아다니다 부엌으로 들어갔지. 장주는 거기에서 물동이를 딛고 올라가 목매 죽은 부인을 보게 됐어. 장주는 자신의 잘못을 뉘우치고 그 물동이를 두드리며 한없이 울었지. 아내가 죽어 남편이 겪는 고통을 고분지통叩盆之痛이라 하는데, 바로 이 이야기로부터 비롯된 거야._ 횡성군 갑천면

4-6. 용왕딸과 결혼한 총각

옛날에 너무 가난해서 굶기를 밥먹듯 하며 사는 총각이 있었어. 총각은 날마다 주린 배를 안고 나무를 했지. 어느 날 총각이 산 중턱에서 덤불을 긁어모으고 있는데, 갑자기 노루 한 마리가 껑충껑충 뛰어오더니 총각에게 다급하게 말했어.

"아이고, 내 몸을 좀 숨겨다고."

총각이 노루를 덤불 속에 숨기자마자, 포수가 들이닥쳤어.

"노루가 일로(여기로) 왔더랬는데 니 못 봤나?"

"아이 못 봤소."

포수가 몸을 돌려 돌아가자, 총각은 노루를 보내 주었지.

다음 날도 총각은 나무를 하러 산으로 갔어. 그런데 어제 도와줬던 노루가 다시 나타나더니 입에 작은 상자 하나를 물어 와 총각에게 주며 말했어.

“날 살려 줬으니 보답으로 이걸 가져왔다. 절대 열어 보지 말고 사람들 눈에 안 띄게 잘 간수해라.”

총각은 상자를 방 안 깊숙이 잘 숨겨 두었지. 그런데 그날부터 이상한 일이 벌어졌어. 총각이 산에 가서 나무를 해가지고 집으로 돌아오면, 방 안에는 김이 모락모락 나는 쌀밥에 맛있는 온갖 반찬으로 한 상이 차려져 있는 거야. 총각은 '이런 이상한 일이 다 있나' 하면서도 미친 듯이 밥을 먹어치웠지. 이튿날도 그다음 날도 매일매일 밥상이 차려져 나왔어. 그러기를 몇 달이 흘렀지.

총각은 잘 먹어서 좋기는 하지만 대체 어떻게 이런 일이 일어나는지 궁금했어. 그래서 하루는 산에 나무하러 가는 척하고는, 뒤뜰에 숨어 방 안을 엿보았지. 잠시 후, 방 안 구석에 놔 뒀던 상자가 '딸깍' 하고 열리더니 그 안에서 아주 예쁜 처녀가 나왔어. 그러더니 부엌으로 들어가 부지런히 밥상을 차리는 거야. 총각은 맛있는 밥도 밥이지만 처녀의 아름다운 모습에 마음이 끌려, 자기도 모르게 부엌으로 달려가 말했어.

“처녀는 어디서 왔길래 여서 이렇게 나를 멕여 주시우? 어째됐든 나랑 같이 살믄 안 되우?”

그러자 처녀가 차분하게 대답했어.

“저는 저 바다에 사는 용왕의 딸이에요. 지난번에 당신이 도와줬던 노루는 사실 저의 오라버니였어요. 그 은혜를 갚으려고 용왕님이 저를 보내셨어요. 하지만 뭍에서 살려면 백 일이 지나야 하는데 오늘로 백 일이 됐으니 이제 서방님과 함께 살 수 있게 됐어요."

총각은 예쁜 색시를 얻어 행복하게 살았지.

총각이 천하일색의 부인을 얻어 살고 있다는 소문은 빠르게 마을에 퍼졌어. 오래지 않아 마을 현감의 귀에도 소문이 들어갔지. 현감은 총각의 부인이 탐이 나서 견딜 수가 없었어. 그래서 당장 총각을 불러 다짜고짜 내기를 걸었어.

"나랑 말달리기 시합을 해서, 내가 이기면 네 마누라는 내 것이다."

평생 말을 한 번도 타 본 적이 없으니 총각이 시합에서 질 것은 뻔했지. 하지만 현감의 명이니 거부할 수도 없어, 힘없이 집으로 돌아와 부인에게 이야기했어.

"내가 무슨 수로 이기나? 인자 당신을 뺏기게 됐네."

낙담하고 있는 총각에게 부인은 위로하며 말했어.

"걱정하지 마세요. 지금 당장 저 바닷가로 가세요. 거기에 가면 거북이 한 마리가 당신을 기다리고 있을 거예요. 거북이가 용궁에 있는 외양간에 데려다 주거든, 그중에서 제일 비쩍 마른 말을 골라서 바로 타고 나오세요."

다음 날 아침, 온 마을 사람들이 모인 가운데 시합이 열렸어. 현감의 말은 번지르르하게 윤기가 돌고 힘도 있어 보이는데, 총각의 말은 비쩍 마른 것이 금방 쓰러질 것 같았지. 현감은 총각이 탄 말을 보자 시합은 해보나 마나라는 듯 잔뜩 뻐겼지. '으흐흐, 이제 저놈의 마누라는 내 것이다'라는 생각에 절로 웃음이 나왔어. 구경꾼들도 모두 총각이 부인을 뺏길 거라고 안타까워했지. 그러나 시합이 시작되자, 총각이 탄 말이 비호같이 달려 현감을 이겨 버렸지. 현감은 비열한 방법으로 남의 부인을 가로채려다 두고두고 우스갯거리가 돼 버렸고, 총각은 용왕딸과 행복하게 오래오래 살았대. _ 횡성군 갑천면

5부

누가 이 사람을 모르시나요

5-1. 잉어가 맺어 준 인연

옛날 강릉 남대천 연화봉 아래에 큰 연못이 있었는데, 연못가에는 마음씨도 곱고 아름다운 연화 아가씨가 살고 있었어. 연화 아가씨는 잉어들에게 날마다 밥도 주고 이야기도 하고 노래도 불러 주곤 했어. 잉어들은 이제 연화 아가씨 발소리만 들어도 알고 몰려들었지. 마침 그 연못을 지나던 무월랑이라는 청년이 연화의 자태를 보고 한눈에 반했어.

'이 마음을 어떻게 아가씨에게 전할 수 있을까?'

무월랑은 나뭇잎 하나를 따서 자기 마음을 적어 연못에 던졌어. 그러자 연못에 있던 붉은 잉어가 뛰어오르더니 그것을 물어 연화에게 전해 주었지. 실은 연화도 무월랑의 늠름한 모습을 멀리서 훔쳐보며 애틋한 마음을 품고 있었지. 둘은 꿈같은 시간을 보냈지만, 어느새 헤어질 날이 다가왔어. 연못가에서 이별의 인사를 하던 무월랑은 연화에게 약속했지.

"연화 아가씨, 내 반드시 풍월주화랑의 우두머리가 되어 돌아올 테니, 그때까지 기다려 주시오."

"무월랑, 부디 수련에 힘써 입신양명하세요. 그럼 제 부모님도 무월랑을 좋아하실 거예요."

몇 해가 지나도록 연화는 무월랑이 풍월주가 되기만을 기다렸어. 하지만 이런 사정을 알 리 없는 연화의 부모는 혼인을 서둘렀어. 발을 동동 구르던 연화는 자신의 안타까운 마음을 적어 연못 속의 잉어에게 말했어.

"잉어야, 너는 내 간절한 심정을 알지? 이 편지를 꼭 그분께 전해야 한다."

붉은 잉어는 못 속에서 튀어 올라 연화의 글이 적힌 종이를 삼키고는 사라졌어.

한편 무월랑은 몇 년 동안 노력한 끝에 약속한 대로 풍월주가 됐지. 무월랑은 이 소식을 하루빨리 연화에게 알리고 싶었어. 하지만 어머니의 병구완을 하느라 그럴 수가 없었어. 그러던 어느 날, 무월랑은 어머니께 고아 드리려고 잉어 한 마리를 구했어. 무월랑이 잉어 배를 가르자, 그 속에서 웬 종이가 나왔어. 그것은 바로 연화가 보낸 편지였어. 편지를 읽은 무월랑은 더 이상 미룰 수 없었지. 부모님께 그간의 사정을 이야기하고 그 길로 말을 달려 연화에게 갔어. 연화의 부모 앞에 무릎을 꿇은 무월랑은 잉어 배에서 나온 편지를 보여 줬지. 연화의 부모는 그야말로 하늘이 정한 배필이라고 기뻐하며 두 사람의 혼례를 성대하게 올려주었어.

지금도 강릉 남대천에는 이분들을 기리는 '월화정'이라는 정자가 있어. 무월랑은 본래 신라의 왕족인 김주원金周元이야. 당시 신라의 원성왕은 김주원에게 자기 다음의 왕이 되라고 권유했어. 하지만 김주원은 강릉에 은거하며 연화부인과 사는 길을 택했지. 김주원의 소박함에 감동한 원성왕은 김주원을 대명주군왕大溟州郡王에, 연화부인은 명주연화부인溟州蓮花夫人에 봉하고 강릉 김씨의 시조로 삼았어. 강릉 김씨는 이렇게 시작된 거지. _ 강릉시

5-2. 김삿갓은 어떻게 김삿갓이 됐나

강원도 영월에 살던 김병연이라는 선비가 지방 향시에 장원급제를 했어. 집에 돌아와 이 기쁜 소식을 어머니께 알렸지. 사남매를 홀로 키우던 어머니는 흐뭇한 눈길로 아들을 바라보며 물었어.

"그래 시제가 뭐였는데 장원급제를 했느냐?"

병연은 자랑스러운 듯 대답했지.

"홍경래의 난이 있었을 때 '가산군수 정시의 충절과 선천부사 김익순의 죄를 논하라'*였어요. 저는 김익순의 죄가 하늘에 닿는다고 했지요."

* 정시는 조선 후기 무신으로, 가산 군수로 있다가 홍경래에게 포위되었으나 항복하기를 거부해 죽임을 당했다. 김익순은 조선 후기 무신으로, 홍경래의 난 때 반란군 세력에 투항한 죄로 참수됐는데 김삿갓의 조부이다.

그러자 어머니는 갑자기 털썩 주저앉았어. 어머니 입에서는 피 끓는 울음소리가 터져 나왔지. 병연은 어머니가 기뻐하실 줄 알았는데 갑자기 울음을 터뜨리시니 놀라서 물었어.

"어머니, 뭐 때문에 이리 우세요?"

어머니는 그때까지 숨겨 온 이야기를 들려줄 수밖에 없었어.

"얘야, 김익순 그분은 너의 조부이시다. 홍경래의 난 때 네 조부가 홍경래에게 항복했기 때문에 역적이 되어 집안이 망했다. 나중에 사면을 받았기 때문에 네가 과거를 볼 수 있었지."

사실을 알게 된 병연의 놀라움과 슬픔은 말할 수도 없었어. 병연은 벼슬을 할 수도 없고, 그저 평범하게 살 수도 없게 되었지. 벼슬을 하려면 할아버지를 천하의 역적이라고 비난할 수밖에 없고, 또 비난하면 부모를 욕보여 불효를 저지르는 꼴이니 말이야.

"어머니, 저는 그렇게 할아버님을 욕보이고 하늘을 올려다 볼 수 없습니다."

김병연은 그 길로 집을 나서 정처 없이 떠돌아다니는 방랑 생활을 시작했어. 그리고 하늘 아래 얼굴을 들 수 없다고 해서 항상 큰 삿갓을 쓰고 다녔지. 김삿갓은 남은 평생을 떠돌아다니다가 객사했지. 그 후 김삿갓의 아들이 아버지 주검을 찾아 영월에 무덤을 짓고 묘를 세웠대. _ 영월군 영월읍

5-3. 김삿갓의 글솜씨

김삿갓은 정처 없이 유랑을 하며 떠돌아다녔어. 그러는 동안 그의 뛰어난 글솜씨는 사람들 사이에 널리 알려지게 됐지. 하루는 강원도의 한 고을을 지나게 됐어. 때는 바야흐로 봄날이라 서당에서 훈장과 학생들이 화전놀이*를 나왔어. 마침 시장기도 도는 데다 풍류를 좋아하는 김삿갓이 이것을 그냥 지나칠 수 없었지.

"지나가는 걸객인데, 술이나 한잔 얻어먹읍시다."

그러자 훈장이 대답했어.

"아, 여기는 화전놀이하는 곳인데, 글을 한 수 지민 술을 드리리다."

김삿갓이 고개를 절레절레 흔들며 대답했어.

* 화창한 봄날에 경치 좋은 곳을 찾아 즐기는 놀이. 화전도 부치고 여러 가지 음식을 먹는 가운데, 여흥으로 시도 지어 읊고 노래도 부르며 유쾌한 하루를 보낸다.

"이렇게 정처 없이 떠도는 사람이 글을 배울 도리가 있습니까?"

그러자 훈장은 우쭐하며 선심 쓰듯 말했지.

"그럼 내가 부르는 대로 써 보시오."

"해보겠습니다."

"저 낭구는 뭔 낭구요?"

"소나무 아닙니까?"

"가믄 한 두 자 쓰시오."

김삿갓은 '소나무 송松' 자를 두 개 썼어. 다시 훈장이 김삿갓에게 물었어.

"저건 뭔 낭구요?"

"잣나무입니다."

"가믄 한 두 자 쓰시오."

김삿갓이 또 '잣나무 백栢' 자를 두 개 썼지. 김삿갓은 이렇게 선생이 부르는 대로 '모일 회會' 자와 '물 수水' 자, '뫼 산山' 자를 써 넣었어. 그러고 나서 김삿갓은 쑥스럽다는 듯 종이를 내밀었어. 훈장은 글은 보지도 않고 말했지.

"그만하면 됐소. 여 와서 같이 듭시다."

김삿갓은 술을 몇 잔 마시고 다시 길을 떠났어. 화전놀이하는 사람들은 온종일 놀다가 해가 지고 나서야 돌아갔지.

다음 날 아침, 훈장은 화전놀이에서 읊었던 시들을 살펴보다가 어제 자기가 훈수를 두었던 과객의 시를 읽게 됐어. 한눈에 봐도 과객의 글씨는 예사롭지 않았지. 거기에는 이런 문장이 적혀 있었어.

송송백백암암회松松栢栢岩岩會요,

수수산산처처기水水山山處處奇라.

훈장은 감탄을 금할 수 없었지.

"'소나무와 잣나무와 바위들이 한자리에 모이고, 물과 산이 또한 곳곳에 있으니 그야말로 기막힌 절경이구나.' 이 글은 김삿갓 아니면 쓸 수 없다. 바로 그분이 다녀가셨구나." _ 영월군 영월읍

5-4. 영원한 맞수, 미수와 우암 ①—나는 미수를 믿는다

미수眉叟 허목許穆 선생과 우암尤菴 송시열宋時烈 선생은 금강산에서 동문수학한 사이였어. 십 년 뒤, 미수 선생은 눈을 감고 가만히 있어도 몸이 붕 뜰 정도로 도력이 높아졌지. 하지만 우암 선생은 몸이 달싹달싹 뜰 것 같으면서도 기어이 뜨지 못했어. 우암 선생은 자존심이 상했지만, 10년 공부를 접고 정승으로 부임해서 서울로 돌아갔지. 하지만 자기보다 도력이 뛰어난 미수 선생에게 자기 자리를 빼앗기게 될까 봐 늘 노심초사했어. 그러다 보니 서로 간의 관계가 서먹해져서 왕래도 끊어져 버렸지.

어느 해 우암 선생이 그만 병이 들었어. 우암 선생은 아들에게 당부했지.

"니 미수 선상한티 가서 내 병 증세를 얘길 하고 약을 지어 달라고 해라."

그 말을 듣자 아들이 걱정이 되어 말했어.

"아버지, 미수 선상님하고는 서로 턱이 졌는데[척이 졌는데], 아버지를 살릴 약을 쓰겠소, 죽일 약을 쓰겠소?"

"그런기 아니여, 아무리 턱이 졌다고 해도 대인이라믄 그런 법이 없다. 가서 약을 알아 오너라."

할 수 없이 아들은 미수 선생을 찾아갔지.

"우리 아부이가 병이 들어 선생님께 약을 부탁하셨습니다."

아들에게 우암 선생의 증상을 다 듣고 난 후, 미수 선생은 처방을 말했지.

"너 이 길로 가서 귀산 열 근을 달여 드려라."

그 말을 들은 아들은 집으로 돌아오면서 생각했어. '그러면 그렇지. 설귀산은 사람이 먹으면 죽는 물건인데. 미수 선생이 아버지를 죽이려고 낸 처방이지, 살리려고 하는 처방이 아니다.'

아들은 아버지께 돌아가 선생의 처방을 전했어. 불안해하는 아들과 달리 우암 선생은 미수 선생을 굳게 믿는 것 같았어.

"당장 처방대로 약을 지어 오너라."

아들은 아버지가 시키니 어쩔 수 없이 귀산을 사러 갔지. 하지만 아무리 생각해도 귀산 열 근을 다 드시면 아버지가 돌아가실 것 같아서, 다섯 근만 사서 달여 드렸어. 그 약을 먹자 우암의 병은 씻은 듯이 나았지.

그러나 몇 년 후에 병이 재발했어. 우암은 이번에도 아들을 시켜 미수 선생에게 약처방을 받아 오라고 했지. 아들이 찾아오자 미수 선생은 말했어.

"이젠 어쩔 수가 없다. 그때 내가 시키는 대로 열 근을 다 드렸으면 병이 뿌리째 뽑히는 건데, 어찌 다섯 근만 드렸나. 인제는 그 병을 고칠 수가 없다."

우암 선생은 미수 선생의 말대로 다시 일어나지 못하고 죽고 말았어. _ 삼척군 서면

5-5. 영원한 맞수, 미수와 우암 ②—우암의 굴욕

예부터 삼척 지방에서 나는 꿩은 임금께 올리는 진상품이었어. 맛도 일품이지만 특히 수꿩인 장끼의 깃털빛깔은 화려하면서도 고와서 장식품으로 많이 썼지. 허미수가 삼척 부사로 부임하자 우암이 허미수를 골탕 먹일 궁리를 했어. 평소에 허미수의 도력이 뛰어난 것에 질투가 나기도 했고, 한편으로는 미수의 능력이 어느 정도인지 시험해 보고 싶은 마음도 들었지. 우암은 임금께 상소했어.

"삼척 부사로 가 있는 허미수가 도력이 아주 뛰어나다고 합니다. 도력을 시험해 볼 겸 삼척의 꿩 백 마리를 잡아 오라고 하시지요. 삼척의 꿩은 특별하니 그 꿩들을 잡아다 대궐의 뜰에 풀어놓으면 장관일 것입니다."

그 이야기를 듣자 임금도 미수의 도력이 어느 정도인지 궁금했어.

"미수에게 그런 재주가 있었단 말이냐."

임금은 신하를 시켜 미수에게 명령을 내렸지.

"여봐라! 허미수는 아무 날 아무 시까지 살아 있는 삼척의 꿩 백 마리를 붙잡아 궁궐에 대령하렷다!"

명을 전달받은 허미수는 아무렇지도 않은 듯, 평소 하던 대로 부사의 업무를 계속했지. 꿩을 잡아 오라는 기한이 다가오고 있는데, 애가 타는 건 오히려 어명을 전하러 왔던 신하였어. 허미수가 꿩을 잡는 시늉이라도 하기를 기다렸는데, 그런 기미가 전혀 없는 거야. 신하는 혹시라도 자신에게 벌이 내려질까 봐 걱정이 이만저만이 아니었지.

이윽고, 허미수가 부적을 한 장 써 주며 신하에게 말했어.

"이걸 갖다 뒷산 솔밭에 던지고 오시오."

신하가 미수의 말대로 부적을 솔밭에 던지고 돌아오니, 갑자기 미수네 집 앞마당에 꿩 떼가 날아들기 시작했어. 한두 마리가 아니라 한꺼번에 수십 마리씩 날아들어 '꾸우~' 하면서 앉는 거야. 그리고 모여든 꿩들은 이튿날 허미수가 서울을 향해 떠나니 자기들이 알아서 허미수를 쫓아왔어. 허미수는 아무렇지도 않은 듯, 도포자락을 휘날리며 꿩들을 이끌고 길을 재촉했지. 허미수가 주막집에서 자면 꿩들도 거기에서 머물고, 아침에 일어나 걷기 시작하면 꿩들도 따라 날기 시작하고, 산마루에서 쉬면 꿩들도 쉬어 갔지. 이윽고 한양 도성에 도착해서 미수가 임금께 고했지.

"살아 있는 꿩 백 마리를 대령했습니다."

허미수가 임금 앞에 무릎을 꿇자, 꿩 백 마리가 푸드덕하고 주변에 날아와 앉았어. 그 모습을 본 임금은 감탄에 또 감탄했지. 우암 선생도 결국 허미수의 뛰어난 도력에 무릎을 꿇고 말았어. _ 삼척군 서면

5-6. 문천성의 정기를 타고난 허미수

허미수가 강릉 부사로 있던 때의 일이야. 아침에 무심코 바깥을 보고 있었어. 그때 한 여자가 지나가는데 관상에 예사롭지 않은 살기를 띠고 있었어. 허미수는 즉시 하인을 불렀어.

"방금 지나간 저 여인을 불러들여라."

허미수가 여인에게 물었어.

"게 어딜 가시오?"

"아, 잔칫집엘 가는 중이래요."

허미수는 그 여인의 살기 때문에 잔칫집에 큰 소동이 날 수도 있다는 생각이 들었어. 그래서 여인에게 말했지.

"그럼 나랑 같이 갑시다."

부사라는 높은 자리에 있는 신분으로 친히 잔칫집에 간다니, 여인은 의아했지만 딱히 거절할 일도 아니었지. 미수 선생은 재빨리 날짜를 짚어 봤는데, 역시 그날이 신랑과 색시에게 큰 해로움을 끼칠 수 있는 걸로 나왔어. 잔칫집에 온 허미수는 주인을 불렀어.

"오늘 혼인날로 잡은 택일관이 누구요?"

"재 넘어 김초시가 택일을 했더래요."

무사히 혼례식을 치른 뒤, 허미수는 관아로 돌아오자마자 아전에게 명을 내렸어.

"당장 택일관을 잡아 오너라."

허미수는 잡혀 온 택일관에게 호통을 쳤지.

"이놈, 남의 중대사로 택일을 할려면 당연히 좋은 날을 받아 주야지, 이렇게 해로운 날을 받아 주민서 무슨 택일관을 하느냐?"

그러자 택일관은 눈썹도 까딱하지 않고 태연한 기색으로 말했어.

"부사님 말씀이 옳아요. 그날이 아주 나쁜 날이지마는, 문천성文天星이 하강하는 날이라 괜찮소."

"문천성이라구?"

택일관을 혼쭐내려던 허미수가 잠시 이리저리 셈을 했어. 그리고 무릎을 '탁' 치면서 말했지.

"과연 네가 나보다 한 수 위로구나!"

문천성의 정기를 타고 태어난 허미수의 손바닥에는 나면서부터 '글월 문文' 자가 새겨져 있었지. 그런 그가 잔칫집에 갔으니 모든 흉한 일이 순식간에 사라져 버린 거야. 자신의 실수를 인정한 허미수는 택일을 맡았던 김초시와 오랫동안 벗하며 지냈대. _ 영월군 영월읍

5-7. 뱀의 정기를 받고 태어난 허적 이야기

허미수에게는 사촌 형이 있었어. 그 사촌 형이 어느 고을의 사또로 부임했어. 그런데 그 마을에 사또가 부임을 하면 하룻밤을 넘기지 못하고 죽어 버렸대. 그것이 못된 뱀의 소행이라는 소문이 퍼지자 아무도 가려는 사람이 없었어. 그런데 허미수의 사촌 형이 간다고 나선 거지. 부임한 첫날, 해가 기울자 관아의 모든 사람들은 겁이 나서 숨어 버렸어. 사또는 혼자 동헌 마루에서 한참을 생각하다가, 긴 마루의 마룻장을 하나 건너 하나씩 떼어 놓았어. 그렇게 하고는 뱀이 나오기를 기다렸지.

이윽고 한밤중이 되자, 갑자기 '휘익' 하고 음산한 바람이 불더니, 어디선가 큰 뱀이 '쉬쉬식' 하는 소리를 내며 번개처럼 들이닥쳤어. 뱀은 동헌마루 끝에 서 있는 사또를 향해 돌진했어. 그런데 마룻장이 들쑥날쑥하니까, 뱀도 들쑥날쑥 기어 왔어. 마룻장이 빈 곳은 아래로 내려갔다가 마룻장이 있는 곳에서는 위로 올라와 배로 밀고…. 이렇게 아래위로 마룻장을 감듯이 하면서 다가왔어. 그러다 보니 뱀은 그만 중간에서 마루와 엉켜 버렸지. 사또는 '이때다' 싶어 긴 칼을 들어 뱀을 뭉텅뭉텅 끊어 불에 태워 버렸어. 그제서야 숨어 있던 마을 사람들은 안심하면서 밖으로 나왔지.

그 무렵 사또의 부인은 아기를 가졌어. 열 달 끝에 낳은 아이는 기골이 장대하고 준수한 용모를 하고 있었어. 사또는 아이의 이름을 허적이라 지었어. 사또 부부는 커 갈수록 옥동자가 되어 가는 허적을 무척 예뻐했지. 어느 날, 조카 아이를 보기 위해 강릉으로 간 허미수는 한눈에 그 아이가 뱀의 정기를 얻어 태어났다는 것을 알아챘어. 그 뱀은 바로 사또의 칼에 죽은 뱀이었지. 허미수는 사촌 형에게 말하지 않을 수 없었어.

"형님, 이 아이를 죽이라고 하는 게 박절합니다만, 그나마 어릴 적에 고만 치우셔야 됩니다. 이 애가 크면 우리 집안에 큰 화가 올 겁니다."

놀란 사촌 형이 입을 열었어.

"내가 자네의 말을 믿지 못해서가 아니네. 하지만 내 아들을 어떻게 죽이나? 나는 못 죽이네."

허미수가 골똘히 생각하다 제안을 했어.

"형님이 정 그러시다면 저는 그만 파적破籍: 가족관계를 기록한 호적에서 자신의 이름을 빼내는 것을 하겠습니다."

허적은 신동 소리를 들으며 잘 자라서 높은 벼슬을 지냈어. 하지만 자신의 능력을 너무 믿고 교만한 나머지 난을 일으켰어. 그러나 난은 실패하고 허적 자신은 물론이고, 삼대가 멸족을 당하고 말았어. 허미수는 앞날을 내다보는 능력으로 파적한 덕에 그 화를 면했대. _ 영월군 영월읍

5-8. 하늘로 날아간 양사언의 글씨

양사언楊士彦은 문장이 뛰어난 조선시대의 서예가였어. 그는 벼슬자리에 연연하지 않고 명산을 찾아다니길 좋아했지. 양사언이 강릉 부사로 있을 때였어. 이곳저곳의 명승지들을 유람하던 중, 고성의 감호에 이르렀지. 양사언은 그곳의 경치에 넋을 잃고 말았어.

"나는 금강산을 좋아해서 '봉래'라고 호를 지었고, 세상에 금강산만 한 곳이 없다고 생각했다. 그런데 지금 이곳에 와 보니 이곳 역시 하늘이 낸 경치로구나!"

양사언은 감호의 풍치에 감탄하여 정자를 짓고, 정자 이름을 '하늘에서 내려왔다'는 뜻의 '비래정'飛來亭이라 했어. 그리고 편액널빤지나 종이·비단에 글씨를 쓰거나 그림을 그려 문 위에 거는 액자도 자신이 직접 쓰기로 했지. '날 비飛' 자는 그 글씨가 마음에 들었지만, '래

來' 자와 '정亭' 자는 몇 번을 다시 써도 마음에 들지 않았어. 결국 편액 쓰는 것을 다른 사람에게 맡기고 '비飛' 자만 떼어서 아들에게 주며 당부했지.

"이 글자는 내 평생의 혼을 모아서 쓴 것이니 잘 보관하거라."

아들은 그 글자가 씌어진 종이를 문갑에 넣어 잘 보관했어. 그런데 하루는 갑자기 회오리바람이 불더니, 글자를 보관해 둔 문갑이 열리면서 '비飛' 자가 적힌 종이가 바람에 휩싸여 하늘로 날아가 버렸어. 아들은 발을 동동 굴렀지.

"아버지가 잘 간수하라 하셨는데 이거 날아가 버렸으니 어떻게 할꼬."

그러자 며칠 후, 아들은 타지에 부임해 있던 양사언에게 변고가 생겼다는 소식을 들었어. 아버지가 감쪽같이 사라져 버렸다는 거야. 따져 보니 아버지가 사라진 날과 종이가 바람에 날려 간 날짜와 시간이 똑같았어. 아들이 온갖 방법을 써서 양사언을 찾았지만 헛수고였어. 그날 이후 양사언의 모습은 볼 수가 없었지. 사람들은 모두 양사언이 금강산의 신선이 되었고, 날아갔던 그 종이의 글씨는 금강산 어느 바위에 새겨져 있을 거라고 굳게 믿었대. _ 양양군 현북면

5-9. 머리를 강쪽으로 두었더라면

인조반정 때 큰 공을 세웠던 이괄 장군의 아버지는 풍수를 잘 보는 지관이었어. 자기가 묻힐 자리도 미리 정해 두었지. 임종이 가까워지자 이괄의 아버지는 자식들을 불러 당부했어.

"내가 정해 준 곳은 임금이 나올 만큼 명당이다. 그러나 반드시 내가 당부한 대로 해야 된다. 나를 묻을 때 머리는 강을 향하게 해야지, 산을 향하게 두면 안 된다. 그리고 팥 서 말과 콩 서 말, 보리 서 말을 같이 묻어라. 그리고 묘를 쓰고 나서 한 달 후에 곡식들을 꺼내 보아라."

이괄과 형제들은 아버지 유언대로 곡식을 함께 묻었지. 하지만 아무리 생각해도 시신의 머리를 강 쪽으로 두는 것이 너무 께름칙했어. 그렇게 시신을 놓으면 머리가 아래로, 다리가 위로 들리는 모양이 되어 버리거든. 비록 아버지가 유언을 하셨지만,

결국 형제들은 머리를 산으로 향하게 해서 묻었어.

그리고 한 달 뒤, 이괄이 묘에 함께 넣었던 곡식들을 파 보았어. 그러자 놀랍게도 콩은 전부 장수가 되고, 팥은 군졸이 되고, 수수는 모두 철환이 되어 있었어. 이괄에게 갑자기 군사와 무기가 생긴 거지. 그렇잖아도 이괄은 임금에게 불만이 컸어. 인조반정으로 광해군을 몰아내고 인조를 세우는 데 자신이 큰 공을 세웠지만, 임금 자신에게 아부하는 당파를 기용하고, 자신을 인정해 주지 않았거든. 이괄은 머뭇거리지 않고 뜻을 함께하는 동료 장수들에게 알렸어.

"다시 한번 거사를 일으켜 세상을 바로잡읍시다."

이괄 일행은 거침없이 한양으로 향했어. 이괄은 당파싸움으로 기강이 해이해진 조정을 쉽게 손에 넣었지. 임금과 신하들은 이괄을 피해 달아나, 대책을 의논했어. 한 신하가 임금에게 이괄을 물리칠 수 있는 방책을 이야기했어.

"듣자 하니 이괄이 그 아비의 묘를 세우고 나서 난을 일으켰다는 소문이 있습니다. 그러니 이괄 아버지의 묘를 파 보면 이괄을 막을 방도가 있을 것입니다."

인조는 즉시 이괄의 부묘父墓를 파헤쳤지. 그런데 묘를 파헤치자마자, 안에서 용이 튀어나오는 거야. 머리를 산 쪽으로 하고 있던 용은 산으로 도망가기 시작했어. 하지만 나무와 바위에 막혀 제대로 올라갈 수 없었지. 결국 용은 군사들이 쏜 화살에 죽고 말았어. 만약 머리가 강을 향해 있었다면 용은 재빨리 강으로 빠져나갈 수 있었겠지. 아버지 묘에서 나온 용이 죽자마자 이괄이 거느렸던 군사와 장수들도 모두 사라져 버렸어. 마침내 이괄은 왕의 군대에 의해 무참히 진압되고 말았어. 이괄이 아버지 말을 따랐더라면, 어쩌면 임금이 됐을지도 모르는 일이지. _ 춘천시

5-10. 나를 봤다고 하지 마세요

세조가 왕위에 오르고 몇 해가 지났을 때의 일이었어. 세조의 꿈에 단종의 어머니인 현덕왕후가 나타나 세조에게 눈을 흘기며 말했어.

“이 천하의 몹쓸 놈, 형님의 유지를 팽개치고 조카를 죽이려 하다니!”

그러고는 세조의 얼굴과 몸을 향하여 침을 뱉는 거야. 세조는 깜짝 놀라 꿈을 깼지. 꿈이라고 하기엔 너무 생생했어. 그 후로부터 이상하게 세조의 몸 여기저기에 부스럼과 종기가 나기 시작했어. 용하다는 의원들을 다 불러오고 온갖 좋다는 약재들을 다 써 보았지만 아무 소용이 없었어. 날이 갈수록 세조의 몸은 만신창이가 되어 갔지. 결국 세조는 부처님의 힘으로 병을 고쳐 보려고 전국에 있는 유명한 사찰을 찾아다니며 기도를 올렸어.

어느 해 여름 오대산 월정사에 머물 때였어. 기도를 마친 세조는 내관도 없이 모처럼 호젓하게 걷고 있었어. 시원한 바람에 발길 닿는 대로 걷다 보니 어디서 졸졸졸 물 흐르는 소리가 들렸어. 그 소리를 따라가니 맑은 물이 흐르는 계곡이 나왔어. 세조는 날도 더운데 목욕이나 해야겠다는 생각에 옷을 벗고 물속으로 들어갔지. 온몸을 물속에 담그고 있자니 종기가 난 등도 닦아 내고 싶은 마음이 들었어. 그렇게 생각하니 갑자기 가려움증이 더 심해졌어. 하지만 손이 등에 닿을락 말락 하며 닿지를 않았어. 등이 더 가려워져서 참을 수가 없었지만 주위에 도움을 청할 사람도 없었지. 이때 갑자기 어디선가 귀여운 동자가 나타나더니 세조에게 다가와 말을 걸었어.

"제가 등을 밀어 드릴까요?"

세조는 너무나 반가워 등을 얼른 동자 쪽으로 돌렸어. 동자는 조그만 손으로 야무지게 세조의 등을 밀어 주었지. 동자의 손길에 어찌나 기분이 좋은지 세조는 시름에 젖었던 마음까지 씻기는 듯했어. 입에서 저절로 말이 튀어나왔어.

"아이고, 시원하다."

등 밀기가 끝나고 가려움증이 가시자 세조는 동자에게 부탁했어.

"내 등을 밀어 주었다는 말을 아무에게도 하지 말거라."

그러자 동자가 말했어.

"임금님도 문수보살을 보았다는 말을 누구에게도 하지 마세요."

세조는 깜짝 놀라 눈을 크게 떴지만, 말을 마친 동자는 이미 홀연히 사라져 버렸지.

"문수보살이 동자의 모습으로 오셨구나!"

세조는 동자가 사라진 곳을 향해 합장을 했어. 그날로 세조를 괴롭히던 부스럼과 종기가 말끔히 나았어. 세조는 고마운 마음에 자신이 본 동자상을 만들어 월정사에 두게 했어. 지금도 월정사 성보박물관에 가면 동자 모습을 한 목조불상을 볼 수 있는데, '문수동자좌상'이 바로 그 동자상이지. _ 속초시

5-11. 백두산 신령과 곤륜산 신령의 바둑 한판

조선의 임금 효종은 평생을 두고 북벌의 꿈을 가지고 있었어. 하루는 자신이 중국의 곤륜산에 들어가 있는 꿈을 꿨어. 산의 지형이 어떤지를 살펴보려고 했지만 안개가 짙어 아무것도 볼 수 없었지. 방향조차 분간할 수 없어 이리저리 헤매는데, 멀리 작은 집 한 채가 눈에 띄었어. 효종이 초가집 안으로 들어가 보니 머리가 하얗게 센 노인이 아랫목에 웅크리고 엎드려 있었어. 효종은 아무 말도 하지 않고 노인 옆에 나란히 앉았지. 그때, 방문이 홱 열리더니 느닷없이 웬 젊은이 하나가 들이닥쳤어. 손에는 바둑판과 바둑돌을 들고 있었어. 한눈에 봐도 예사롭지 않은 바둑판이었지. 젊은이는 털썩 앉으며 말했어.

"바둑 한판 둡시다."

효종은 젊은이가 들고 있는 바둑판이 탐이 난 데다, 바둑이라면 자신이 있어 얼른 대답했지.

"좋소, 한판 둡시다."

"대신 내기를 해야 하오. 당신이 지면 당신의 목을 나한테 바치고, 내가 지면 이 바둑판과 돌을 주겠소."

젊은이는 바둑 실력이 여간 고수가 아니었어. 가면 갈수록 판세가 효종에게 불리해지더니 한 점이면 지게 될 판이었어. 상대방 젊은이는 빨리 두라고 성화를 해댔어. 효종은 등 뒤로 식은땀이 흘렀어. 그러다 젊은이가 볼일을 보고 오겠다며 잠깐 밖으로 나갔어. 바로 그때, 꼼짝도 않고 웅크려 있던 노인이 벌떡 일어나 앉았어. 그러고는 바둑판 앞으로 몸을 기울여 한곳을 손가락으로 가리켰어.

"요다 놓으라."

그 말 한마디를 하고, 노인은 다시 재빨리 원래처럼 몸을 웅크려 엎드렸어. 효종이 보니 정말 그곳에 놓으면 전세가 완전히 뒤집히는 기가 막힌 자리였지. 젊은이가 돌아와 앉자, 효종은 아주 고민하는 척하다가 노인이 가리킨 자리에 바둑돌을 놓았어. 젊은이는 얼굴이 붉으락푸르락해지더니 바둑판을 뒤집으며 소리쳤어.

"내 졌습니다. 이 바둑판은 노인장 거요."

그러고는 순식간에 사라져 버렸어. 그제야 노인이 일어나 앉으며 말했지.

"나는 백두산 신령이고, 그 젊은이는 곤륜산 신령입니다. 만약에 전하께서 나를 아는 척했다민 곤륜산 신령이 내 정체를 알고설랑에 나까지 죽였을 거이요. 그러나 전하가 북벌의 마음을 거두지 않는다민 은젠가 곤륜산 신령이 전하를 해치고 말 거이요. 하니 부디 북벌할 마음을 거두십시오."

백두산 신령의 도움으로 효종은 목숨을 구할 수 있었어. 하지만 곤륜산 신령의 방해 때문이었는지 몰라도, 효종은 결국 북벌의 꿈을 이루지 못하고 죽고 말았지. _ 양양군 현남면

5-12. 꽃을 꺾어 바치오리다

옛날 신라시대에 강릉 태수로 부임하는 순정공이 아내 수로부인과 함께 임지로 가고 있었어. 수로부인이 얼마나 아름다운지, 그를 본 사람들은 모두 하늘에서 내려온 선녀로 여겼지. 사람뿐 아니라 산과 바다, 바람도 탐을 낼 정도였어. 도중에 수로부인은 까마득한 절벽 위에 화려하게 핀 철쭉꽃을 발견했어. 수로부인은 그 꽃이 너무 예뻐서 꼭 가지고 싶었지. 그래서 좌우의 시종들에게 말했어.

"저 꽃을 꺾어다 줄 사람 누구 없소?"

절벽이 너무 험했기 때문에 아무도 나서는 사람이 없었어. 순정공도 하인들을 타일러 보았지만 모두들 고개를 가로저었지.

"그곳은 사램이 갈 수 있는 기 아이래요."

수로부인은 슬픈 마음이 들었어. 그때 어디선가 암소를 끌고 가는 노인이 나타났어. 노인은 수로부인 앞에 고개를 숙이더니 자신이 꽃을 꺾어다 드리겠다는 내용의 헌화가를 불렀어.

붉은 바윗가에
잡고 온 암소를 놓게 하시고
저를 아니 부끄러워하신다면
꽃을 꺾어 바치오리다.

수로부인은 수줍게 노인의 청을 받아들였지. 그러자 노인은 암소를 바위에 묶어 두고 절벽을 척척 올라가 무사히 꽃을 꺾어 바쳤어. 그러고는 유유히 사라졌어.

순정공 일행은 길을 재촉해서, 이틀 후에는 금강산 해금강에 닿았어. 주변의 빼어난 경치에 취한 일행이 근처에서 잠시 쉬고 있을 때였어. 갑자기 해룡海龍이 나타나더니, 그만 수로부인을 바닷속으로 낚아채 들어갔어. 순정공을 비롯한 일행은 이 갑작스러운 상황에 어찌할 바를 몰랐어. 이때 어디선가 한 노인이 나타나 일러 주었지.

"사람의 말은 쇠도 녹인다 했습니다. 바닷속의 짐승이 어찌 뭇사람의 입을 두려워하지 않겠습니까? 고을의 백성을 모아 막대기로 언덕을 치면서 함께 노래를 지어 부르면 부인을 찾을 수 있을 것입니다."

그러자, 마을 백성들이 모여 막대기로 언덕을 치며 해가海歌를 불렀어.

거북아, 거북아, 수로를 내놓아라
남의 부녀 빼앗아 간 죄, 그 얼마나 큰가
네 만일 거역하여 내놓지 않는다면
그물로 잡아 구워 먹으리.

노래가 끝나자, 정말로 용이 부인을 받들고 나와 순정공에게 돌려주었어. 수로부인은 빼어난 용모 때문에 그렇게 신물神物에게도 붙들림을 입곤 했대. _ 삼척군 삼척읍

6부

모든 일은 반드시 바르게 돌아간다

6-1. 마음을 바르게 하면

옛날 사촌지간인 두 선비가 한양 성균관 근처에 방을 얻고 과거 공부를 하고 있었어. 두 사람은 3년이 지났는데도 초시에도 한 번 붙지 못했지. 어느 날, 동생이 형에게 말을 걸었어.

"내 형님한테 비밀 얘기가 있소. 3년이 되도록 초시에도 못 붙은 처지지만, 우리가 여태까지 같이 있었으니 오늘은 그냥 이야기나 해보려 합니다."

"아, 뭔 얘긴가?"

마침 밤 잠행을 하던 숙종 임금이 형제의 목소리가 들리자, 무슨 이야기를 나누는지 궁금해졌어. 숙종은 발소리를 죽이고 다가가 방안에서 흘러나오는 이야기를 듣기 시작했지.

"내가 8년 전에 장개 든 것은 형님도 알죠? 혼례 날 색시가 유독 땀을 뻘뻘 흘리며 힘들어해서 혼례 치르는 게 힘든가 보다 했죠. 밤이 되어 둘이 있는데도 어쩔 줄 몰라 하는 것이 예삿일이 아니다 싶어 사람을 부르려 했더니 내 바짓가랭이를 잡으며 말렸어요. 그러더니 세상에 언나[어린애]를 하나 낳대요. 나는 얼떨결에 언나를 받았지요."

사촌 형은 깜짝 놀랐고, 밖에서 이야기를 듣고 있던 숙종도 흥미진진해했어. 동생의 이야기가 이어졌어.

"신부는 두 눈을 꼭 감고 쓰러져 있었소. 내가 그것을 내치면 부인과 갓난아이 둘이 죽지 않겠소? 그래서 혼자 생각했지요. '내가 맘을 한번 잘 먹으믄 사람 둘을 살구게[살리게] 되는 것이다.' 그래서 새 솜으로 만든 신혼 이불을 뜯어서 그 솜에다가 애를 둘둘 싸 가지고 처갓집으로 가는 길 옆 다리 밑에 놓아두고 왔어요. 색시에겐 아무에게도 이야기하지 않을 테니 안심하라고 했지요."

"어이 동상, 그렇게 사람을 살구는 것이 보통 사람이 할 수 있는 일이 아닌데, 자네가 보통이 넘으이."

"심이 빠진 색시를 위해 장모한테 밥참을 달라 했지요. 색시는 눈물을 흘리며 그 밥을 먹었소. 언나는 다리 건너 대고모댁에 맡겨 키워 달라 했지요. 하마 8년이 됐지요."

형이 감탄하면서 말했어.

"어뜨케 그리 마음을 잘 썼나. 큰 복 받겠다. 나도 그 이야기를 절대 발설하지 않겠다."

숙종이 밖에서 들으면서 생각하니 사촌형제의 마음 씀씀이가 보통이 아닌 거야. 숙종은 헛기침을 하고 둘이 있는 방으로 들어갔지.

"밖이 추워 잠시 들어왔습니다. 나도 근처에서 공부하고 있는데 과거는 몇 번이나 보았소?"

"과게는 3년을 봤으나 초시 한 장 은지 못했소."

숙종은 시치미를 뚝 떼고 말했어.

"내 오늘 저녁에 들으니 낼모레 별과령이 내렸다는데요."

"아, 별과령이 내리면 성균관 사람들이 먼저 알 텐데 우리는 금시초문이오."

"내일 아침이면 알게 될 거요. 부디 두 분도 별과를 한번 보시지요."

이튿날 정말로 별과령이 내렸어. 수백 명의 선비들이 별과를 보겠다고 몰려들었지. 사촌형제도 당연히 별과를 치르러 갔어.

그런데 과거시험 제목이 '백양교 밑에서 옥동자 얻어 대고모댁에 의지한다'였어. 형제는 깜짝 놀라 눈을 마주쳤어. 바로 어제 자기들이 나누었던 이야기잖아. 형은 동생에게 들었던 이야기로 글을 짓고, 동생은 실제 자기 경험으로 글을 지었지. 다른 선비들은 황당한 과제에 마땅한 글을 찾지 못해 제대로 글을 쓰지 못했어. 사촌형제는 나란히 별과에서 급제를 했지. 마음을 바르게 쓰면 다른 사람의 마음을 움직이는 법이야. 사촌형제의 비밀이야기가 숙종의 마음을 움직였으니 말이야._ 양양군 손양면

6-2. 하얀 깃발에 석 삼 자

옛날 어떤 마을에 아버지가 돌아가셔서 삼년상을 치르는 효자가 있었어. 절세미인인 그 부인은 집에서 삼년상이 끝나고 돌아올 남편을 기다리고 있었지. 그런데 이웃에 사는 백기삼이라는 남자가 이 부인이 탐이 나 견딜 수가 없었어. 결국 부인을 품에 안을 계략을 꾸몄지. 베를 끊어 상복을 해서 입고 칠흑같이 어두운 밤을 틈타 부인을 찾아갔지. 부인은 깊은 잠이 들어 있었어. 백기삼은 남편 목소리를 흉내 내어 문밖에서 말했지.

"문 열어라."

잠결인 데다 한밤중에 낯선 남자가 올 거라는 생각을 못한 부인은 조금도 의심하지 않고 문을 열어 주었어.

"아, 우짼 일이요?"

"내가 이태나 산에서 내려오지 않았잖소. 오늘은 당신 생각이 간절해서 잠깐 내려왔소."

백기삼이 자고 간 뒤 얼마 후 부인의 배가 불러 오기 시작했어. 열 달 후 부인은 아들을 낳았지.

3년 뒤, 남편이 시묘살이를 마치고 집에 돌아와 보니 어린애가 아장아장 걸어 다니고 있었어. 남자는 눈이 휘둥그레졌어.

"이 어린애는 으짼 애요?"

"아이 당신이 그때 밤에 댕겨갔잖우. 죄시럽지만 그렇게 생긴 언나아이요."

"나는 댕겨간 일이 읎소. 삼년상 중에 이런 불경한 짓을 하다니, 용서할 수 없소."

남편은 당장 부인을 쫓아냈지. 부인은 수치스럽고 원통해서 그만 자결해 버리고 말았어.

그 일이 있고 난 뒤, 고을 사또의 꿈에 한 여인이 나타났어. 여인은 자신이 부정한 여자로 내쳐진 억울함을 풀어 달라고 말했어. 사또가 여인에게 물었지.

"그렇다면 너를 해친 그 자가 누구냐?"

"그 이름을 입에 담는 것도 더러우니, 다만 제가 이렇게 보여드리겠습니다."

여인은 하얀 깃발에 '석 삼三' 자를 써서 보여 주고는 사라졌어. 사또는 너무 꿈이 생생해서 깨고 난 다음에도 여인이 써 보여 준 그림의 의미를 골똘히 생각했어. 그러다 갑자기 뭔가 퍼뜩 떠오르는 것이 있었어. 사또는 무릎을 '탁' 쳤지.

다음 날 사또는 아전들을 불러 물었어.

"이 고을에 백기삼이라는 자가 살고 있느냐?"

아전들은 그런 사람이 있다고 대답했지.

"그럼 그 사람을 내가 좀 보잔다고 해라."

사또는 불려온 백기삼에게 좋은 음식과 술로 대접했어. 백기삼은 원님이 자기를 직접 불러 밥과 술을 먹이니 기분이 좋았어. 한동안 사또는 백기삼과 친구처럼 지냈지.

그러던 어느 날, 사또가 난처한 얼굴로 백기삼에게 말했어.

"큰일이 났소. 내 처가 병에 걸렸는데 듣자 하니 '곡소리 듣지 않은 상복을 달여 먹어야 낫는다'는데, 곡소리 듣지 않은 상복을 어디서 구할지 난감하구려."

백기삼은 갑자기 머릿속에 이전에 자신이 상복을 입고 한 여인을 범했던 생각이 났어.

"사또, 그런 거라믄 지가 구할 수 있을 것 같소."

백기삼이 의기양양하게 상복을 가져오자, 사또는 갑자기 얼굴빛을 바꾸고 큰소리로 말했지.

"네 이놈, 시묘 살던 사람의 부인에게 야음을 틈타 몹쓸 짓을 하다니. 사람으로서 어찌 그런 짓을 할 수 있단 말이냐?"

백기삼은 처음엔 딱 잡아뗴었어.

"아, 그런 일이 절대 없소."

그러자 사또는 버럭 고함을 질렀어.

"이놈아, 이 상복이 그 증거다. 이래도 거짓을 고할 테냐?"

사또는 백기삼을 처벌하고 부인의 억울함을 풀어 줄 수 있었지. 효자 집안에서는 부인의 절개를 높이 사서 열녀문을 세워 주었어. _ 영월군 영월읍

6-3. 송아지와 바꾼 무

옛날 어느 고을에 마음씨 곱고 부지런한 무 농사꾼이 살고 있었어. 어느 해 가을, 무밭은 풍년이 들었어. 농사꾼과 부인은 신이 나서 무를 뽑았지. 그런데 그중에서 아주 크고 빛깔이 예사롭지 않은 무가 하나 뽑혀 나왔어. 농사꾼은 이 무를 원님께 드리면 좋겠다고 생각했지. 그즈음 새로 부임한 원님은 어질면서도 사리가 분명해서 고을 사람들의 칭송이 자자했어. 그러니 백성들은 뭔가 좋은 것이 있으면 무엇이건 원님께 드리려고 했거든.

농사꾼은 무를 짚으로 정성껏 싸서 원님에게 가져갔어.

"늘 우리 백성들을 잘 보살펴 주시니 감사합니다. 뭐라도 드리고 싶었는데, 마침 제 밭에서 거둔 무가 아주 좋아 보여서 가져왔습니다."

사또에게 농부의 감사하는 마음이 전해지자, 원님은 그 무를 고맙게 받았어.

"어이구, 이렇게 고마울 데가 있나. 그 마음이 가상하니 내 그냥 받을 수는 없지. 여봐라, 이 사람에게 줄 만한 것이 있느냐?"

호방이 대답했지.

"요전에 누가 갖다 준 송아지 한 마리가 있습니다."

"그것밖에 없다니, 그럼 그거라도 이 사람에게 주거라."

농부는 무 하나를 원님께 바치고 송아지를 한 마리 받은 거지. 이 소문은 삽시간에 온 마을에 퍼졌어.

그런데 그 마을에는 욕심으로 똘똘 뭉친 부부가 살고 있었어. 이 부부는 소문을 듣자 배가 아파 견딜 수가 없었어. 어떻게 하면 자기도 원님에게 송아지를 받아올까 궁리하던 끝에 남자가 부인의 귀에다 대고 소곤거렸지.

"저 집은 원님께 무 하나를 바쳐 송아지 한 마리를 얻어 왔으니, 나는 암소 한 마리를 바치면 소 열 마리는 주시겠지?"

다음 날, 욕심쟁이 사내는 소를 잘 치장해서 원님께 끌고 갔어.

"사또가 우리 고을 원님이라는 게 얼마나 감사한지요. 감사의 뜻으로 암소 한 마리 바칩니다."

욕심쟁이 사내의 속셈을 바로 알아챈 사또는 빙긋이 웃었어.

"이렇게 고마운 사람이 있나. 참 고맙네그려. 이 귀한 선물을 그냥 받을 수는 없지. 여봐라!"

호방이 절하며 나오자, 욕심쟁이 사내는 사또가 어떤 상을 자기한테 내릴지 머릿속으로 그리면서 싱글벙글 웃었어. 드디어 사또가 명을 내렸지.

"어제 농부가 가져온 아주 귀한 무 있지 않느냐? 그 귀한 무를 이 자에게 선물로 주거라."

꼼수로 재산을 불려 보려던 욕심쟁이 사내는 암소를 무와 바꾼 꼴이 됐지. _ 홍천군 서석면

6-4. 새끼 서 발에 산 색시

옛날 어느 마을에 과부가 남의 집 일을 하며 노총각 아들 하나를 데리고 살았어. 그 아들이 얼마나 게으른지 차려 놓은 밥도 귀찮아서 안 먹을 정도였지. 아들의 게으름을 어떻게든 고쳐야겠다고 생각한 과부는 어느 날, 아들에게 새끼 세 발을 주며 말했어.

"이늠으 새끼, 하루 온쳉일 하는 게 없으이, 이거나 가지고 나가라."

아들은 할 수 없이 새끼 세 발을 허리춤에 동여매고 집을 나섰어. 한참을 가다 보니, 옹기 장수가 옹기 지게를 묶은 밧줄이 끊어져 쩔쩔 매고 있었어. 옹기 장수는 아들이 허리에 매고 있던 새끼줄을 발견하자 반갑게 말을 걸었어.

"총각, 내 동우[동이] 하나 줄 테니 새끼줄과 바꿀랜?"

"그러지요."

아들은 새끼줄과 바꾼 동이를 메고 한참을 가다가 우물가를 지나게 됐지. 우물가에는 물동이를 깨뜨린 여자가 훌쩍거리고 울고 있었어. 여자는 아들이 가진 동이를 보자 다급하게 불렀어.

"총각, 날 좀 보우. 물 길러 나왔다 동우를 깨뜨렸으니 이 일을 어쩌우? 시어머이 알면 당장 쫓겨날 판이여. 그러니께는 그 동우 날 주우."

"그럼 내개 뭣을 줄라우?"

"내 쌀 서 말 주리다."

"그러지요."

아들은 쌀 세 말을 어깨에 둘러메고 발길 닿는 대로 걸었지. 얼마쯤 가고 있는데 이번에는 송장을 지게에 지고 가는 사람을 만났어.

"그 뭐입니까?"

"나는 저 아랫동네 사는데 이웃에 송장이 나면 져다 묻는 사람이여. 오늘 죽은 송장은 색시요."

"이 쌀 서 말 줄 테니까 그 송장 날 주우."

지게 진 사람은 황당했지. 송장을 피하면 피했지 달라는 사람이 어디 있어.

"당신은 기양 갖다 파묻었다 그래믄 고만 아니오. 쌀 서 말 가져가 잘 먹음 되잖소."

지게 진 사람은 머리를 갸웃거리면서도 쌀 세 말이 생기니 마다할 리가 없었지.

"맘대로 하라."

송장을 지고 한참을 가다, 우물가 옆에 큰 연못이 있는 곳에 지게를 내렸어. 아들은 색시 송장의 머리를 잘 빗기고 옷도 잘 추슬러 마치 살아 있는 것처럼 연못가에 앉혔어. 그러고는 자신은 그것이 잘 보이는 곳에 몸을 숨기고 기다렸지.

이윽고 마을 부인네들이 물을 길으러 나왔어. 한 여자가 우물가에 앉아 있는 낯선 여자를 보고는 말을 걸었어.

"거 뉘기여?"

그러자 같이 왔던 부인네들이 우르르 몰려갔어. 말을 시켜도 대답이 없자, 한 부인이 여자의 어깨를 흔들었어. 그러자 여자가 옆으로 쓰러지더니 그만 연못으로 풍덩 빠져 버렸어. 그 순간, 숨어 있던 아들이 뛰어나오면서 말했지.

"아이, 당신들 왜 그랬소? 멀쩡하게 쉬고 있는 내 색시를 왜 못에 빠쳐 죽였소?"

아들은 마을에 들어와 소리소리 지르고 울고 야단법석을 떨었지. 부인들은 난감해서 어쩔 줄 몰랐어. 할 수 없이 마을 사람들이 모여 의논을 했지. 마침 그 마을에 참한 처녀가 있었어. 마을 사람들은 아들에게 그 처녀를 색시로 얻으면 어떻겠냐고 물었지. 아들이 마지못해 승낙하는 척하자, 마을 사람들은 색시와 돈과 곡식을 챙겨 주었어. 새끼 세 발을 가지고 길을 나섰던 아들은 부인까지 얻어 집으로 돌아왔지. 이후로 아들이 살던 마을에선 아이들이 이런 노래를 부르고 다닌대.

"새끼 서 발에 동우 하나, 동우 하나에 쌀 서 말, 쌀 서 말에 죽은 색시 하나, 죽은 색시 하나에 산 색시." _ 횡성군 청일면

6-5. 연지 곤지 찍은 사연

늦도록 장가를 못 간 총각이 있었어. 하루는 총각이 밭일을 하러 가는데, 마을에서 유명한 중신할미남의 결혼을 중매하는 할머니가 길가에 앉아 뭔가를 하고 있었지. 가만히 보니, 중신할미는 두 덩어리의 실을 풀다가 한데 묶고, 또 한참 풀다가 한데 묶는 일을 계속하고 있었어. 총각이 궁금해서 할머니에게 물었지.

"할머이, 멀 그리 갖다 붙들어 매 놓소?"

"이거는 그냥 실이 아니여. 이것이 세상에 나가면 하나는 남자가 되고, 하나는 여자가 돼. 그래 내외를 짝 지우느라 매 놓는 거여."

"그럼 그거이 각자 임자가 있소?"

"그름, 다 자기 임자가 있지."

"할머이, 그럼 내 배필 될 사람이 어디 있는지도 아시겠소?"

"알지, 그럼. 요 재를 넘으믄 집이 나와. 그 집 마당에 젊은 여자가 애를 업고 빨래를 널고 있는데, 업힌 애가 크믄 니 색시가 될 기다."

"아이, 그잖아도 장개가 늦었는데 언나어린애가 언제 커서 시집옵니까? 그 밖에는 없소?"

"없다, 이놈아."

총각은 기가 막혔지만, 나중에 색시가 될 여자애가 궁금해서 재를 넘어갔지. 그랬더니 할머니가 말한 것처럼, 젊은 여자가 아이를 업고 있는 것이 보였어.

순간 총각은 '저 아이가 언제 커서 내가 장가를 드나' 하는 생각이 들자 공연히 심술이 났어. 총각은 돌멩이 하나를 주워서 업혀 있는 아기 이마를 겨냥해 던졌지. 날아간 돌멩이는 정통으로 아이 이마에 맞았지. 아이 이마에는 피가 철철 흘러내렸어. 총각은 겁이 더럭 나서 재빨리 왔던 길을 되돌아가 다시는 그 집 앞을 지나지 않았어.

어느덧 시간이 흘러 총각은 고을 사또로 부임했어. 하지만 여전히 총각 신세를 면치 못하고 있었지. 신임 사또가 혼자 오는 것을 보고, 아전들은 부인은 왜 안 오는지 물었어. 총각이 대답했지.

"나는 아직 부인이 없으니, 자네들이 힘을 좀 써 주게."

그날부터 아전들은 원님의 배필감을 찾아 온 마을을 돌아다녔지. 그러다 이방이 참한 처녀를 소개했어. 처녀 쪽에서야 고을 원님의 부인이 되는 것이니 마다할 이유가 없지. 모든 일이 물 흐르듯이 이루어졌어.

이윽고 동헌에는 초례청醮禮廳: 초례(전통적으로 치르는 혼례)를 치르는 장소이 차려지고 신부가 단장을 하고 나왔어. 그런데 색시의 이마와 양쪽 볼에는 빨갛게 동그란 점이 찍혀 있었어. 구경하러 나온 고을 사람들은 서로 마주보고 쑥덕거렸어.

"아, 원님의 부인이 되려니 치장을 색다르게 했나 보네."

혼례를 치르고 두 사람이 신방에 들자마자, 총각은 대뜸 색시에게 물었어.

"부인은 거 우떠케 치장을 하능기 얼굴에 세 군데나 붉은 칠을 하싰소?"

"지가 언나일 적에 어떤 놈이 이유도 없이 던진 돌멩이에 이마를 맞았어요. 아물긴 아물었지만 이마에 움푹한 자욱이 남았더래요. 그래 그걸 감추려고 이마에 벌건 점을 찍었는데, 사람들이 보기 싫다잖이요, 그래서 양 볼에다가 더 찍은 기래요."

그 순간, 총각은 자신이 젊은 부인의 등에 업힌 아기 이마를 다치게 한 기억이 퍼뜩 떠올랐어. 하늘이 정해 준 인연은 피할 수가 없는 거지.

그리하여 그 후부터는 색시 얼굴에 연지 곤지를 찍는 풍습이 전해지게 됐어. _ 영월군 영월읍

6-6. 걱정 없이 사는 노인, 무수옹 이야기

한양에 살던 운현대감이 전국을 유람하던 도중 강원도 한 마을에 들렀어. 그 마을에 큰 기와집이 하나 있었는데 그 집 현판에는 '무수옹'無愁翁: 근심 없는 노인이라는 뜻이라고 쓰여 있었지. 운현대감은 '대체 근심 없이 사는 사람이 어디 있겠어' 하는 생각에 대문을 두드렸지. 그러자 얼굴빛이 더없이 밝은 노인이 나왔어. 노인은 운현대감을 잘 대접했어. 운현대감은 생각했지.

'근심 없는 노인에게 근심거리를 만들어 주고 어떻게 되는지 보고 싶구나.'

그러자 좋은 꾀가 떠올랐어. 운현대감은 자기를 잘 대접해 준 데 대한 보답으로, 무수옹에게 언제 한번 한양 자기 집으로 놀러 오라고 날짜를 정해 줬지.

약속된 날이 되자 노인이 운현대감 집으로 왔어. 맛난 음식과 술로 즐거운 시간을 보낸 뒤, 무수옹이 집으로 가려 하자 대감은 옥관자갓과 같이 머리를 장식하는 옥으로 만든 고리. 종1품 이상은 조각을 하지 않았고, 정3품 이상 고위직만 조각한 관자를 쓸 수 있었다 한 쌍을 건네주며 말했지.

"이것을 집에 갖다 두시면 그 집에 좋은 일이 생긴다네. 자네가 잘 간직하고 있다가 내가 달라고 할 때는 꼭 돌려줘야 하네."

대감은 미리 날쌔고 힘 좋은 하인을 불러 이렇게 명했어.

"한강에서 저 노인이 배에 오르거든 같이 올라 저 영감이 가지고 있던 옥관자를 빼앗아 물에 던져 버리고 오너라."

이런 사실을 까맣게 모르는 노인은 귀한 선물을 단단히 주머니에 집어넣고 집으로 향했어. 배를 타고 한참 가는데, 갑자기 장정 둘이 덤벼들어 영감의 주머니를 빼앗아 물속으로 휙 던져 버리는 거야. 졸지에 옥관자를 빼앗겨 버린 노인은 팔자에도 없던 근심거리가 하나 생겨 버렸지.

"이걸 잘 보관하라고 신신당부했는데, 어찌 하나…."

노인은 그 길로 앓아눕게 됐어. 대감은 노인이 어떻게 하고 있을지 궁금해서 사람을 보내 동정을 살폈어. 하인이 돌아와 말했지.

"그 영감이 지금 앓고 있습니다."

그 말을 듣자 운현대감은 빙그레 웃으며 중얼거렸어.

"옳지, 이놈의 영감, 세상에 근심 없이 사는 사람이 어디 있나.

자고로 근심을 안고 사는 게 사람이지."

한편 노인의 병이 깊어지자, 며느리는 시아버지를 위해 잉어 한 마리를 구해 왔어. 그런데 잉어 뱃속에 무언가 들어 있는 거야. 며느리는 이상해서 시아버지에게 물었지.

"아버님, 이기 뭐요? 아버님이 하두 음식을 안 자셔서 잉어 요리를 할라구 배를 때개니 이기 나오잖소."

며느리가 손에 들고 온 것을 보자 노인은 뛸 듯이 기뻤어.

"얘야, 그게 어디서 났더냐? 내가 그거 때문에 얼마나 앓았는데, 이제 됐다."

며칠 후 운현대감은 또 사람을 보내 노인의 기색을 살폈어. 그런데 돌아온 하인이 이렇게 대답을 하는 거야.

"그 영감, 누워 앓더니 이제 나아서 전처럼 기색이 좋습니다."

옥관자가 분명 물속에 빠졌는데 노인의 병이 나았다니? 운현대감은 즉시 전갈을 보내 옥관자를 들고 오게 했어. 노인을 만난 운현대감은 시치미를 떼고 그간 근심 없이 잘 살았는지 물어봤지. 그랬더니 노인은 웃으며 대답했어.

"실은 불한당 같은 놈들이 옥관자를 빼앗아 물속에 던져 버렸습니다. 그것을 찾을 길이 막막해 앓아누워 있었는데, 우리 며느리가 사 온 잉어 뱃속에 옥관자가 들어 있었지요. 자, 여기 옥관자를 돌려 드리리다."

운현대감은 껄껄 웃으며 말했지.

"여보게, 과연 자네는 무수옹이 맞네. 하늘이 낸 팔자 좋은 인간이 있기는 있는가 보이." _ 양양군 현남면

6-7. 문둥병 고쳐 준 이부자 이야기

춘천 팔봉산 밑에 인품이 뛰어나고 인심 넉넉하기로 소문난 이부자가 살았어. 어느 해 가을, 아버지가 돌아가시자, 이부자는 구일장을 치르기로 하고 장례 준비를 했지. 문상객들을 위한 음식 냄새가 진동하고, 곳간에는 찹쌀로 빚은 술이 술독마다 그득했지. 이부자는 조문하는 문상객들에게 푸짐하게 음식과 술을 대접했어.

구일장의 마지막 날, 찾아오는 사람들을 후하게 대접한다는 소문을 듣고 문둥이나병환자를 낮잡아 이르는 말들이 이부자 집을 찾아왔어. 대부분의 사람들은 문둥이라고 하면 음식을 주기는커녕 집안에 들이지 않고 내쫓았지. 하지만 이부자는 문둥이들을 다른 문상객들과 똑같이 대우했어.

"술을 좀 주우."

"아이, 술이 있으면 디릴 텐데, 술독 하나에 뱀이 빠져 독술이 되얐으니 그것을 줄 수가 없네. 술은 없지만 다른 음식을 줄 테니 맘껏 드시게."

"그게 문제가니? 우리는 괜찮으니 그 술이라도 주우."

"아닐세. 뱀이 들어가 빠져 있는 술은 사람한테 큰 해가 될지도 모르는데, 그것을 줄 수는 없지."

"우리는 문둥이들이니 아무것이나 먹어도 돼요. 체에 걸러 뱀은 건져 버리고 우리끼리 마카 다 먹을 것이오."

이부자와 문둥이들은 뱀이 든 술독을 두고 실랑이를 벌였지. 그러다 이부자는 결심을 하고 문둥이들에게 말했어.

"그렇게 이 술을 마시려고 하니 어쩔 수 없이 줄기요. 주기는 주되 그 술이 해가 되어 댁들을 해치게 될지도 모르니, 내가 먼저 마셔 보고 괜찮으면 주리다."

그러고는 집안 식구들이 말리는 것도 뿌리치고 뱀이 든 술독의 술을 한 사발 마셨지. 이부자는 별다른 이상이 없는 것을 확인하고 술 항아리를 통째로 문둥이들에게 줬어. 자신들을 걱정해 준 이부자에게 감동한 문둥이들은 연신 머리를 조아렸어. 그리고 이부자가 챙겨 준 음식과 뱀술을 가지고 가, 사흘 동안이나 푸짐하게 먹고 어디론가 사라졌지.

한 해가 지나 아버지 기일이 돌아왔어. 이부자는 기제사를 지내기 위해 또 음식을 장만하고 술을 빚고 있었지. 그런데 웬 사내 셋이서 나귀를 끌고 이부자 집 마당으로 들어왔어. 영문을 몰라 어리둥절해하는 이부자를 보자, 세 사내는 넙죽 절을 했어. 이부자는 당황하며 물었지.

"뉘신데 이라시오?"

"권장, 저는 작년 이맘때 여서 음식을 얻어먹은 문둥이오. 그때 권장이 우리가 죽을까비 직접 술을 마셔가매 우리한테 줬던 그 뱀술이 실은 문둥병을 낫게 하는 약이었다니요. 권장 덕에 우리 병이 씻은 듯이 나았으이, 우리는 그 길로 새로 태어난 거나 다름없습니다. 그래 하도 권장이 고마워 우리가 마카 열심히 일해서 이제 그 보답을 하러 온 겁니다."

세 사내는 말을 마치자 나귀에 잔뜩 싣고 온 엽전 자루를 마당에 수북이 쌓아 놓고 갔지. _ 춘천군 신동면

7부

이상하고 아름다운 이야기나라

7-1. 쌀이 나오는 닭 그림

옛날 한 마을에 김진사 아들과 이진사 아들이 사이 좋은 친구로 지냈어. 그런데 그림 솜씨가 좋은 김진사 아들이 서울로 그림공부를 하러 떠나는 바람에 둘은 헤어지게 됐지. 그 후 십여 년이 지난 어느 날, 오랜만에 둘이 만나게 됐어. 둘은 반가워 어쩔 줄을 몰랐지. 그런데 김씨는 친구가 너무 어렵게 사는 것 같아 안타까운 마음이 들었어. 붓과 종이를 꺼내 든 김씨는 수탉 한 마리를 기세 좋게 그리고는, 이씨에게 뚝배기를 하나 가져오라고 했지. 뚝배기를 그림 속에 있는 닭의 주둥이 밑에 놓고, 대나무 막대기로 '톡톡' 하고 두드렸어. 그랬더니 쌀이 조르르 쏟아져 그릇에 쌓이는 거야. 그것을 본 이씨의 눈이 휘둥그레졌어. 그림 속에서 쌀이 나오다니 너무 신기한 일이었지. 김씨는 그림을 이씨에게 주면서 당부했어.

"이 짓은 하루 딱 두 번만 해야지 돼. 더 하믄 큰일이 나네. 아무한테도 알구지 말고 잘 간수하미 쓰믄 끼니 걱정은 없을 테니 자네는 하고 싶은 공부를 계속 이어 가게."

이씨는 그날부터 김씨가 시킨 대로 하루 두 번씩 닭 주둥이를 두드려 쌀을 마련했어. 친구와의 약속을 굳게 지켜 일 년 동안 끼니 걱정을 하지 않고 살게 됐지.

한편 이씨의 부인은 남편이 매일 따로 잠가 놓은 방으로 들어갔다 나오면 뚝배기에 쌀을 담아 가지고 나오는데, 그 쌀이 어디서 나는지 궁금해 견딜 수가 없었어. 아무리 궁금해도 방문이 꼭 잠겨 있으니 들어가 볼 수도 없는 데다, 부인이 물을 때마다 이씨는 '그냥 그런 방법이 있다'고만 대답할 뿐이었어.

하루는 남편이 먼 길을 떠나 자고 올 일이 생겼어. 부인은 남편을 배웅하고 들어와 '옳지, 이때다' 싶어서 남편이 꼭꼭 잠가 놓은 문을 열고 그 안으로 들어갔지. 이씨의 부인이 벽장문을 열자 그 안에는 닭 그림과 대나무 막대기, 그리고 뚝배기가 하나 놓여 있었어. 부인이 무심결에 대나무 막대기로 그림을 '톡톡' 건드리자 갑자기 닭 주둥이에서 쌀이 주르르 쏟아져 뚝배기에 담겼어. 뚝배기가 가득 차자 쌀이 그쳤어. 부인은 그제야 모든 걸 알게 됐어. 부인은 신이 나서 몇 번이고 쌀을 받아 냈지. 그러다 '뚝배기로 받아 내느니 큰 함지박을 대고 한 번에 받아야겠다'는 생각이 들었어. 쌀을 받는 재미에 빠진 이씨의 부인은 신이 나서 밤새 부엌에 있는 빈 그릇마다 쌀을 채웠어.

이튿날 이씨는 집으로 돌아와 이 광경을 보고 털썩 주저앉아 버렸어.

"아이 이 사람아, 이거는 우리 밥 굶지 말라고 친구가 만들어 준 것이여. 쌀을 이렇게 한꺼번에 받으믄 큰일난다고 했는데, 인제 어쩔 거이냐."

사실 그 쌀은 나라 창고에 있는 쌀인데, 끼니 때울 만큼의 쌀 정도는 비어도 티가 안 나니까 일 년 동안 먹어도 문제가 없었지. 하지만 하룻밤 사이에 많은 양이 없어지니 자연히 눈에 띌 수밖에. 창고지기는 마을 현감에게 이를 보고했고, 즉각 조사에 나섰지. 그러다 창고에 드나든 사람은 없는데 길을 따라 쌀이 조금씩 떨어져 있는 것을 발견했어. 쌀은 바로 이씨 집으로 이어져 있었어. 이씨는 곧바로 관아로 불려갔지.

"이것이 어떻게 된 일인지 사실대로 말하거라."

이씨는 옥에 갇힌 신세가 되었지. 그 소식을 듣고 화원 김씨가 달려왔어.

"원님, 이 저지레사고는 저 그림 때미때문에 생긴 겁니다. 그림을 그린 사람은 접니다. 그러니 저를 가두시고 저 친구는 놔주시오. 친구는 그 쌀이 나라 창고에서 나온다는 거를 모르고 한 짓이라 죄가 없으니께는."

사또는 김씨의 말이 터무니없다고 생각했어. 하지만 김씨가 날마다 찾아와 호소를 하자 관아로 불러들여 제안을 했어.

"그림이 그런 조화를 부린 거라면, 네가 내 앞에서 해 보이거라. 네 말이 사실이면 옥에 있는 친구를 풀어 주겠다."

사또는 김씨에게 종이와 필묵을 내주었어. 화가는 종이를 쫙 펴더니 잔잔한 파도가 일렁이는 바다에 배 한 척을 그렸어.

"그래, 이 그림으로 무엇을 하련?"

"원님, 이 배를 타보시래요."

"네가 먼저 타 봐라. 그래서 괜찮으면 그때 내가 타겠다."

그러자, 김씨는 그림 속에 있는 배로 들어갔어. 순간 그림 속의 파도가 진짜 일렁이더니 배가 파도에 흔들리는 거야. 흔들리는 뱃전에 서서 김씨가 말했어.

"사또, 저는 이만 이 배를 타고 유람하러 갑니다. 부디 친구를 풀어 준다는 약속을 지켜 주시기 바랍니다."

그 말을 남기고 김씨는 그림과 함께 바람처럼 사라져 버렸지. 그 후로 화원 김씨를 본 사람은 아무도 없었대. _ 영월군 영월읍

7-2. 누구 허풍이 더 센가

안동 성황사 스님이, 정선 갈래사에 있는 가마솥이 크다는 소문을 듣고 직접 구경하러 길을 나섰어. 그런데 정선 갈래사에 있는 스님은 또, 안동 성황사 변소가 깊다는 소문을 듣고는 직접 그걸 보고 싶어 길을 나섰지. 두 스님이 길을 가던 중, 딱 맞닥뜨리게 됐어. 그러자 서로 인사를 나누었지.

"스님은 워데 있는 스님이며 워데로 가시오?"

"예, 나는 안동 성황사에 있습니다. 정선 갈래사의 그 가매가 하두 크다 그래서 가매 귀경하러 가잖소."

"예, 가매가 크죠. 작년 동짓달에 팥죽을 쑤는데, 팥죽을 즛지젓지 않으면 눌러 못 써요. 이래서 하두 가매가 크니 가상가장자리에서 즈을 수도 없구 그래서 배를 하나 만들어 놓고설랑 뱃사공 한 150명 태우가지구선 가매를 즛소. 자꾸 팥죽을 즛더니 졸지에 풍파를 만나 가지구 떠나갔는데, 그 뱃사공들을 상그[아직] 찾지 못했소."

"아, 가매가 참 크우."

그러자 안동 성황사 스님이 물었어.

"스님은 워드루 가시우?"

"난 정선 갈래사에 있는데 안동 성황사 변소가 하두 짚다구 그래서 변소 귀경하러 가잖소."

"예, 변소가 짚죠. 우리 주지 스님이 작년 정월에 똥을 누셨는데, 그 똥을 누면 똥두거리[똥덩이]가 '퉁' 하는 소리가 나잖우. 소리가 나는데 상그 소리가 안 났잖소. 안즉도 내려가는 중이우."

그러자 갈래사 스님이 말했어.

"거 참 짚긴 짚소." _ 강릉시

7-3. 이야기가 갇히면 살이 된다

옛날에는 '이야기를 듣고 다른 사람한테 그 이야기를 들려주지 않으면 이야기가 굶어 죽는다'는 말이 있었어. 그렇기 때문에 이야기를 들은 사람은 이야기가 갑갑하지 않도록 여러 사람에게 퍼 날라야 하는 거지. 이야기가 한 사람에게 갇혀 있으면 살외부 원인이 타고난 사주팔자에 나쁜 영향을 끼치는 현상이 되었지.

어느 마을에 혼기가 찬 총각이 살았어. 그 총각은 이야기를 듣는 건 좋아했지만 말주변이 없어서 들은 이야기를 옮기려고 하지 않았어. 그러자 총각이 들은 이야기들이 서로 의논을 했어.

"야들아, 우리는 이 입, 저 입 다니믄서 얘기가 보태져야 배도 부르고 세상 귀경도 하고 사는 맛이 나지. 그런데 우리는 쥔을 잘못 만내 이렇게 갇혔으니 하마 말라 비틀어져 죽겠다. 우리 주인을 따끔하게 혼내 주자."

"그래, 마침 낼이 우리 쥔 혼례식이니께는 방도를 내 보자."

"나는 장개가는 길에 독을 뿜는 꽃으로 기다리고 있을 거야."

"나는 먹음직스런 딸구가 될 거라니."

"만약 그렇게 해도 안 되믄 초례청에서 절할 직에 이마 닿는 곳에 우리 셋이 같이 살이 되어 찌름세."

마침 총각 방 앞을 지나던 머슴 하나가 이 이야기를 들었어. 총각과 하인은 어릴 때부터 친구처럼 지내던 사이였지. 머슴은 어떻게든 총각을 지켜야겠다고 생각했어.

다음 날, 머슴은 총각의 혼례 길에 다른 하인 대신 자기가 가겠다고 우겼어. 신랑은 말을 타고, 머슴은 그 옆에 붙어서 걸었지. 한참을 가던 중에 길 옆에 열려 있는 탐스러운 딸기를 보자 신랑이 말했어.

"저기 뭐이나? 딸구가 희안하게 맛있어 뵌다. 좀 따와 봐라."

그러자 머슴이 달려가서는 딸기를 죽 훑어서 발로 싹싹 비벼 버리는 게 아니겠어? 신랑은 화가 났지만 장가를 가는 날이니 그냥 참기로 했지. 다시 길을 가는데 이번엔 여태껏 보지 못한 아름다운 꽃이 피어 있었어. 신랑이 머슴에게 말했지.

"참으로 혼례식에 어울리는 꽃이다, 네가 가서 꺾어 오너라."

그런데 이번에도 머슴이 꽃을 꺾어 발로 짓밟아 버리는 거야. 신랑은 약이 잔뜩 올랐어. 하지만 이번에도 참기로 했어. 오늘은 장가를 가는 날이니 말이야.

드디어 신랑이 초례청 앞에 섰어. 신랑이 신부와 맞절을 하려고 허리를 굽히는 순간, 머슴은 신랑의 엉덩이를 사정없이 걷어차 버렸어. 신랑은 결국 참고 참았던 화가 폭발했어.

"이놈이 상전 망신시키려 작정을 했구나! 당장 묶어 두드려 패거라!"

꽁꽁 묶여 마당에 팽개쳐진 머슴이 울부짖었어.

"나를 패는 것은 좋은데, 제 말씀을 좀 들으시우."

"이놈, 그래도 할 말이 있단 말이냐? 그래, 뭔 말이더냐?"

"서방님이 절을 할 때 이마가 닿는 땅바닥을 잘 샐펴 보시라이 말이우."

신랑이 보니 바닥에 뾰족한 침 세 개가 숨어 있는 거야. 혼례식장에 모인 사람들이 모두 놀랐지. 그걸 못 보고 절을 했으면 어쩔 뻔했어? 신랑은 머슴의 결박을 풀어 주었어. 머슴은 신랑에게 자신이 왜 그랬는지 말해 주었지.

"내가 어제 얘기 놈들이 하는 소리를 듣고 여 쫓아온 기래요."

잔치를 구경하러 온 사람들은 돌아가서 혼인식 이야기로 꽃을 피웠지. 총각에게 갇혀 있던 이야기들은 그제야 여기저기 퍼져 나갈 수 있게 되었어. 신랑은 머슴의 종 문서를 태우고, 평생을 친구로 지냈어. _ 횡성군 공근면

7-4. 눈을 밝게 하는 풀, 부추

옛날 설악산 근처에 한 마을이 있었어. 그런데 그 마을에 사는 사람들 모두가 이상한 병에 걸렸어. 다른 사람들이 소로 보이는 병이었지. 사람들은 오가는 사람들이 다 소로 보이니 닥치는 대로 잡아먹었지. 한 젊은이도 마침 눈앞에 보인 황소를 아주 맛있게 먹은 후였어. 황소를 잡아먹고 기운을 차린 젊은이는 자기 눈을 의심했어. 방금 맛있게 먹어 버린 황소가 사실은 바로 자신의 아버지였던 거야.

"이기 뭔 일이냐. 나는 천하의 불효자가 됐네이."

아무리 통곡을 해도 돌아가신 아버지가 살아 돌아올 리 없었지. 젊은이는 피눈물을 흘리며 다짐했어.

"사램들이 마카 서로 잡아먹는 거는 눈을 어둡게 하기 때문이다. 분명 어딘가는 이 병을 고칠 약이 있을 것이다. 꼭 그 약을 찾아야 한다."

젊은이는 그 길로 약을 찾아 떠났어. 전국 방방곡곡을 안 가 본 데가 없을 정도로 돌아다녔지만 도무지 약을 찾을 수 없었지. 실망한 젊은이가 지친 다리를 이끌고 양구라는 마을에 도착했을 때였어. 어디선가 향긋한 풀냄새가 났어. 젊은이는 그 냄새가 어디에서 나는 건지 둘러봤지. 그런데 저쪽에서 한 노인이 푸른 풀이 가지런히 심어져 있는 밭에서 김을 매고 있는 것이 보였어. 젊은이가 노인에게 물었지.

"노인장, 이 무슨 풀인데 좋은 냄새를 풍깁니까?"

노인이 천천히 허리를 펴면서 대답했어.

"사실은 옛날 우리 고장에 큰 병이 돌았어. 사램들이 눈에 병이 들어 날마다 사램을 소로 알고 잡아먹었지. 그때 여기서 자라는 부추라는 풀을 먹으닌 비로소 사램이 사램으로 뵈이고 그때부터 서로 도와 가민 살게 됐어."

젊은이는 귀가 번쩍 틔었어. 바로 자기가 찾는 약이 이 풀이었던 거야.

"저한테도 그 풀을 나눠 주시우."

씨앗을 한 줌 얻어 고향으로 돌아온 젊은이는 고향의 기름진 밭에 씨를 뿌리고 부추가 자라기를 기다렸어. 부추가 어느 정도 자라자, 드디어 젊은이는 사람들에게 약을 구했다는 기쁜 소식을 전하기 위해 마을로 내려갔어. 그때까지도 서로를 잡아먹던 마을 사람들은 젊은이가 마을로 들어서자 마구 달려들었어.

"아니오, 나는 소가 아니오, 사램이오."

청년이 아무리 소리쳐도 사람들에게는 그저 "음메, 음메" 하는 소리로밖에 들리지 않았지. 결국 청년은 잡아먹히고 말았어.

청년은 잡아먹혔지만 밭에 심은 부추들은 잘 자랐지. 마을 사람들은 부추의 냄새에 끌려 그것을 뜯어 먹었어. 그러자 눈이 밝아지면서 사람이 소로 보이는 병이 낫게 되었어. 그때부터 부추는 눈을 밝게 해준다고 해서 우리 식탁에 자주 올라오는 반찬거리가 됐지. _ 속초시

7-5. 죽도 마고할멈

아주 먼 옛날, 마고할미는 옥황상제를 도와서 땅과 바다, 산과 들을 만들었어. 일을 다 마치고 옥황상제 곁에 앉아 있던 마고할미는 무엇이건 모르는 게 없고 불가능한 게 없는 옥황상제가 너무 부러웠어. 마고할미는 그 무한한 능력이 어디에서 나오는지 알고 싶었어.

"상제님의 능력에는 반드시 숨겨진 비밀이 있을 거야. 내가 꼭 알아내야겠다."

마고할미는 나방으로 변신해서 상제의 방에 몰래 들어갔어. 그러자, 상제가 큰 공만 한 둥근 돌을 열심히 바위에 놓고 갈아 구멍을 내는 것을 보았어. 상제의 권능은 그 구멍에서 나오는 거였지. 마고할미는 욕심이 났어.

'저 둥근 돌을 훔쳐 가지고 인간 세상에 내려가서 한번 다스

려 보자.'

마고할미는 둥근 돌을 훔쳐 인간 세상으로 내려왔어. 그런데 막상 숨어서 바위를 갈아 낼 곳이 마땅치 않았어. 아무 데서나 돌을 갈았다가는 당장 상제에게 들켜 벌을 받겠으니 말이야. 산으로 가자니 밑돌을 찾기 어렵고 돌 가는 소리가 크게 날 테니 적당하지 않았지. 그래서 마고할미는 바닷가를 따라가며 열심히 마땅한 장소를 찾았지. 그러다 죽도를 발견했어.

"이 섬은 대나무도 많고 사람도 별로 없는 데다, 밑돌로 쓸 돌도 많고 파도 소리도 엄청나게 크잖나. 돌을 갈기는 딱 안성맞춤이다."

죽도에 자리 잡은 마고할미는 적당한 밑돌을 찾아 신이 나서 열심히 돌을 갈아 구멍을 내기 시작했어.

"쓰윽 쓰윽 쓰윽."

며칠을 갈아 대니 거의 구멍이 생길 만큼 되었어. 그런데 파도가 거세게 들이치더니 열심히 갈아 놓은 밑돌을 확 삼켜 버렸어. 마고할미는 힘이 쭉 빠졌지.

"아이, 거진 다 했는데 파도가 쓸고 갔네."

할미는 이번엔 둥근 돌을 가지고 파도가 오지 못할 만큼 높은 곳으로 가서 다시 밑돌에 구멍을 내기 시작했어.

"쓰윽 쓰윽 쓰윽."

정신없이 돌을 갈아 거의 구멍이 생기려고 할 때였어. 갑자기 하늘이 컴컴해지더니 산더미 같은 파도가 할미를 향해 몰려왔어. 밑돌은 다시 흔적도 없이 사라졌어. 할 수 없이 마고할미는 또 다른 곳으로 숨어 들어가 다시 돌을 갈기 시작했지. 하지만 마고할미가 돌을 갈 때마다 거센 파도가 휩쓸어 가는 거야. 그러다 보니 상제한테서 훔친 둥근 돌이 공깃돌만큼 작아져 버렸어. 이때, 하늘에서 옥황상제의 목소리가 들렸어.

"마고할미야, 아직도 미련을 버리지 못했느냐? 욕심에 눈이 멀어 돌을 훔치다니! 이제 너는 그곳에서 평생 네 죄를 뉘우치거라."

마고할미는 그제야 자신의 잘못을 깨달았어.

"상제님, 너무 큰 죄를 지었십니다. 하마 용서해 주시오."

그러나 이미 때는 늦었어. 하늘에서 번쩍 하고 번개가 치더니 마고할미는 바닷가의 돌로 변하고 말았어. 상제의 노여움을 받아 돌로 변한 마고할미는 지금도 자신의 잘못을 뉘우치며 바다를 보고 있지. 지금 죽도 해변에 가면, 바다를 향해 서 있는 마고할미 바위와, 마고할미가 갈다가 구멍을 내지 못해 움푹움푹 패인 돌들이 널려 있는 걸 볼 수 있을 거야. _ 속초시

7-6. 구렁이와 이시미의 용 되기 경쟁

옛날 어느 마을에 아들을 아홉 명이나 둔 가난한 아버지가 살고 있었어. 너무 가난해서 아무리 애를 써도 살 방도가 없자, 아버지는 나그네가 되어 집을 나와 발길 닿는 대로 떠돌아다녔어. 하염없이 걷다 보니 더 이상 갈 수 없는 땅끝 바위에 닿았지. 한 걸음만 딛으면 천 길 낭떠러지요, 눈앞에는 끝없이 파도가 밀려오고 있었지. 나그네는 죽을 결심을 하고 절벽 아래로 몸을 던지려고 했어. 그때 뒤에서 무슨 소리가 들리는 것 같아 돌아보니, 어떤 부인이 나그네를 부르고 있었어.

"여보세요, 여보세요. 내 말 좀 들어 보세요. 무엇 때문에 몸을 던지려 하세요?"

"애들은 많지, 돈은 없지, 살 도리가 없으니 죽을 수밖에 더 있겠소?"

"그렇다믄 돈은 내가 드릴 테니, 일단 우리 집으로 갑시다."

나그네는 처음 보는 여자의 호의가 찜찜했어. 하지만 죽을 결심까지 한 마당이니 담담하게 여자의 뒤를 쫓아갔지. 부인은 정성스럽게 밥상을 차려 주었어. 오랜만에 배를 채우고 주안상까지 받은 나그네는 그제야 부인에게 물었지.

"그래 우떡해서 나를 이리 대접하오? 나는 지금 세상이 귀찮아 죽을랴구 끝까지 왔는데 우째 이러시우?"

"아까 당신이 섰던 그 바우는 내가 백년해로할 짝을 구하며 기도를 디리던 바우라오. 오늘 그 바우 위에 짐승이건 사람이건 무엇이건 간에 나타나면 그것은 나의 짝이 될 운명이오. 그런데 마침 사람인 당신을 모셔 오게 됐으니 얼마나 기쁜지 몰라요."

나그네는 태어나서 처음으로 호강이란 걸 해봤지. 그렇게 호의호식하며 지내던 어느 날, 나그네가 가만히 생각해 보니 바로 그날이 아버지 제삿날이었어.

'내가 집에 있었으면 애들하고 냉수라도 올렸을 텐데, 나는 지금 어딘지 알지도 못하는 곳에 있구나.'

나그네가 이런 생각에 미치자 저절로 기분이 울적해졌어. 부인이 나그네의 낯빛을 살피며 물었지.

"당신, 낯빛이 침울하니 무슨 사연이시오?"

"오늘이 울 아버지 제사여."

"아버지 제사라면 당연히 가야 하지 않겠소."

"하지만 여가 어딘지도 모르고, 질도 모르는데 어떻게 가나."

"염려 마시고 서방님이 길을 나서서 가기만 하면 집이 나올 거이니 지금 당장 가세요."

부인이 한사코 떠밀자 나그네는 길을 나섰지. 그런데 희한하게도 얼마쯤 가니, 정말 나그네가 살던 동네가 나오는 거야. 나그네는 한달음에 집으로 향했지. 그런데 초가집이 있던 자리에는 큰 기와집이 서 있고, 그 안에는 수십 명 되는 종들이 일을 하고 있었어. 나그네의 부인은 남편을 알아보고, 반색을 하며 뛰어나와 맞아 주었지. 집 안에는 제사상이 잘 차려져 있었어. 제사가 끝나자 부인은 나그네에게 물었지.

"당신이 그동안 돈을 많이 보내 줘서 우리가 이렇게 잘살게 되었소. 그동안에 어디서 뭘 해서 돈을 벌었는지 그 얘기 좀 하시구랴."

어리둥절해진 나그네는 두번째 부인이 한 일을 알게 됐지. 나그네는 그간의 이야기를 첫째 부인에게 들려줬어. 이야기를 다 듣고 난 첫째 부인이 말했어.

"그러면 당신은 그리 가시우. 나는 애들 장개 들여서 살면 되지만, 당신은 처녀 장개를 들었고, 그 부인 덕에 우리까지 호강을 하며 살고 있잖소."

나그네는 그 길로 둘째 부인에게 돌아가기 위해 집을 나섰지. 한참을 가는데 길옆의 장승 하나가 말을 걸었어.

"네가 이장돌 아들이냐?"

죽은 아버지 이름을 묻는 것이 이상해서 나그네는 얼른 대답했지.

"네, 그렇습니다."

"내가 엊저녁에 네 아비를 만났는데, 나한테 이렇게 부탁을 했다. '내일 내 아들을 만나거든 얼른 집으로 돌아가라고 해주시오. 바닷가 여자는 다름 아닌 청구랭이오. 그것이 아들이 오는 기척이 나면 고운 여자로 변할 것인데, 결국은 아들을 잡아먹을 것이오. 그러니 아들더러 구랭이가 여자 모습으로 저녁상을 내오면 밥을 한 숟갈 뚝 떠서 거다 침을 세 번 뱉고 먹으라 하시오' 라고 했다. 만약 아비의 말대로 하지 않는다면 니가 그 집에서 죽을 것이다. 그리 알고 부득이 가겠으면 가거라."

그러더니 장승이 온데간데없이 사라졌어. 집에 도착한 나그네가 담 너머로 보니, 여자는 밝은 달 아래 시퍼런 몸을 서리서리 감은 구렁이 모습을 하고 있었어. 나그네는 무서워 오금이 저렸지. 정신을 차리고 헛기침을 하고 문앞에 서니 어느새 구렁이는 예전처럼 고운 부인의 모습으로 돌아왔지.

"아이구, 지금 오셨어요."

부인은 반가워하며 저녁상을 차려 내왔어. 나그네는 밥숟갈을 뜨다가 장승이 한 말이 생각났지.

'어쩐다. 침을 세 번 뱉고 먹어야 되나, 그냥 먹어야 되나.'

그러다 나그네는 결심했지.

'나는 이미 죽었을지도 모르는 몸, 저 여인 덕에 살아서 평생 누릴 호강도 누렸는데, 이젠 죽어도 여한이 없다.'

나그네는 그냥 밥숟갈을 꿀꺽 삼켰지. 그 순간, 여자가 나그네의 손을 와락 잡으며 말했어.

"당신이 만약 침을 세 번 뱉고 먹었으면 나는 그 자리에서 죽었을 것이오. 그 장승은 이시미이무기의 강원도 방언고 나는 용인데, 둘 중에 하나만 하늘로 올라갈 운명이었소. 아까 당신이 침을 뱉고 먹었으면 그 이시미가 용이 되어 하늘로 올라가고, 내가 대신 이시미가 되어 고생을 했을 것이오. 당신의 은혜로 나는 용이 되어 등천하니, 이제 집으로 돌아가 잘 사시오."

그 말이 끝나기가 무섭게 부인도 집도 모두 흔적도 없이 사라졌어. 나그네는 그 길로 아홉 아들이 있는 집으로 돌아와 오래도록 잘 살았대. _ 횡성군 서원면

7-7. 저승에서 만난 천생배필

옛날에 오대째 유복자로 이어지는 정승 집안이 있었어. 집안 내력이 그렇다는 것을 알게 된 오대째 유복자는 결혼을 하지 않겠다고 다짐했지.

"난 장개를 못 들겠습니다. 혼인해서 애먼 처니 데려다 놓고 내 죽으면 뭐하겠소."

결국 아들은 열다섯 살 나이에 세상을 떠났고, 아들은 죽어 저승 판관 앞에 섰어. 그러고는 판관에게 거세게 대들었어.

"우리 집안의 무슨 죄가 그리 중하길래 대대로 청상을 만드십니까?"

그 말을 들은 저승 판관은 문서를 보고 고개를 갸웃거리더니 말했어.

"음, 이건 뭔가 잘못된 게 틀림없다. 너는 이승으로 도로 나가

거라."

아들은 뛸 듯이 기뻐하며 몸을 돌려 저승에서 빠져나오기 시작했어. 그런데 맞은편에서 얌전한 처녀 하나가 들어오고 있는 것이 보였어. 아들은 한눈에 반해 버렸어. 아들은 되돌아가 판관에게 사정했지.

"저 처니는 뭐 때문에 저승으로 왔습니까? 처니 몸으로 죽다이, 우찌 그리 험하십니까?"

판관은 아들이 하도 하소연하니 망설이다 대답했지.

"네가 그리 안타까워하니, 그럼 네가 데리고 가거라."

아들은 처녀와 함께 오던 길을 되돌아갔지. 저승 입구에 다다르자 두 갈래 길이 나왔어. 처녀는 아무 말도 없이 아들과 반대쪽으로 획 몸을 돌렸어. 아들이 처녀를 불러 세웠어.

"이보오, 처녀."

"왜 그러시우?"

"판관 앞에서 얘기했으이 망정이지, 안 그램 당신은 죽은 목심이오. 하믄 나를 잘 가라든지 고맙다든지 한마디 인사는 해야지 이게 뭐이오, 우째 그리 매정하오?"

처녀는 잠깐 망설이더니, 아무 말도 없이 입고 있던 치마 고름 한쪽을 쭉 찢어서 던지고는 멀리 달아났어. 치마 고름을 손에 꼭 쥔 아들은 '언젠가는 저 처니를 찾아 혼인하리라'고 마음먹었어.

한편 정승 집안에서는 죽었던 아들이 이승으로 돌아왔으니 집안의 과부들이 모두 기뻐했어. 그리고 이제 아들의 혼인을 서둘렀어. 하지만 아들은 저승에서 만난 처녀에게 이미 마음이 빼앗긴 터라, 딱 잘라 거절했지.

"나는 팔도 유람이나 좀 댕길 테니, 장가는 필요 없소."

그날부터 아들은 치마 고름을 단서 삼아 처녀를 찾아 사방을 돌아다니기 시작했어. 치마 고름에는 '곡조문전 방설낭자'라고 쓰여 있었지. '대추나무가 고부라진 문앞에 설낭자라는 이름을 써 붙였다'는 뜻이니, 아들은 우선 대추나무 심은 집을 찾아다녔지. 마침내 아들은 대추나무가 구부러진 집 문 앞에 '설낭자'라는 명판이 붙어 있는 집을 찾아냈어. 아들은 그 집으로 들어가 하룻밤 묵기를 청했어. 저녁 무렵, 아들은 주인에게 말을 꺼냈어.

"혹시 이 집 아가씨가 작년에 죽었다 살아난 적이 있지 않습니까?"

그 집 주인의 눈이 휘둥그레졌지.

"그래, 그걸 우째 아시오?"

그러자 아들은 처녀한테 받은 치마 고름을 내보였어. 그것을 지켜보던 처녀가 다가오더니 아버지에게 말했지.

"아버지, 바로 저분이 나를 살려 준 은인이에요."

처녀는 아들 곁으로 다가와 이렇게 말했어.

“저승을 빠져나올 때, 판관이 말하기를 ‘지금 당장 저 사내를 쫓아가면 너는 죽게 될 것이다. 그 사내는 유복자로 단명할 운이 아직 다 가신 것이 아니니, 사내가 제 발로 너를 찾아올 때까지 기다려야 한다’고 했어요. 이제 이렇게 찾아오셨으니 서방님 말씀대로 천생연분이어요.”

저승에서 맺은 인연으로 두 사람은 혼인을 했지. 손이 귀했던 사내의 집안은 그 후로 많은 자손을 퍼뜨리며 오래오래 살았대.

_ 영월군 영월읍

7-8. 은혜 갚은 두꺼비

옛날 눈먼 아버지를 모시고 사는 분이라는 딸이 있었어. 분이는 어릴 때 어머니를 잃고 남의 집 일을 하면서 아버지를 정성껏 봉양했지. 하루는 분이가 밥을 푸고 있는데 부뚜막에 두꺼비 한 마리가 나타났어. 두꺼비는 눈을 껌벅이면서 한참 동안 부뚜막에 앉아 있었지. 그날부터 분이는 아침, 저녁으로 두꺼비에게 밥을 주며, 친구인 양 속마음을 이야기했어.

"두깹아! 우찌 하믄 불쌍한 우리 아버이아버지를 호강시케 드리나, 내 재주가 없으이 그게 한탄이다."

분이는 매일같이 이렇게 아버지를 호강시켜 드리지 못하는 것을 미안해했어.

어느 날, 옆 마을에서 괴물에게 바칠 처녀를 산다는 소식이 들렸어. 옆 마을은 당집에 괴물이 들어, 매년 처녀를 제물로 바치고 크게 제사를 지내야 마을이 무사할 수 있었어. 하지만 제물이 되겠다는 사람이 어디 있겠어? 제물로 바쳐질 처녀의 몸값이 아무리 올라가도 좀처럼 나타나지 않았어. 이 소식을 들은 분이는 결심했어.

'그래, 이 한 몸을 바쳐서 아버이가 편하게 되믄 내 여한이 없겠다.'

분이는 자신이 제물이 되겠다고 나섰어. 그리고 받은 몸값으로 아버지께 맛있는 밥상을 차려 드리고 마을 사람에게 아버지를 잘 보살펴 달라고 부탁했어.

드디어 집을 떠나는 날, 분이는 울먹이는 목소리로 두꺼비에게 말했어.

"두껩아, 난 이제 간다. 내가 가믄 누가 너에게 밥을 주나. 아무쪼록 잘 있그라."

분이는 눈물을 참으며 아버지가 눈치채지 못하도록 속으로 하직 인사를 했지.

'아버이, 제가 없더라도 만수무강하세요.'

어느새 옆 마을 사람들이 문 밖에서 분이를 기다리고 있었어. 당집에 도착하자 사람들은 분이를 당집 안으로 밀어 넣고 문을 잠가 버렸어. 분이는 무서워서 벌벌 떨며 몸을 잔뜩 웅크리고 있는데, 어디선가 두꺼비가 나타났어. 분이가 밥을 주며 기르던 바로 그 두꺼비였지. 분이는 깜짝 놀라기도 하고 반갑기도 해서 말했어.

"니 여 뭐하러 왔나?"

두꺼비는 아무 말도 없이 눈만 껌벅거렸어. 바로 그때였어. 천장에서 별안간 새빨간 불덩어리가 떨어졌어. 그러자 그때까지 옆에 가만히 앉아 있던 두꺼비가 입을 쩍 벌리더니 시퍼런 물기둥을 쏘아 올리는 거야. 새빨간 불덩어리와 시퍼런 물기둥은 서로 부딪히더니 맹렬하게 밀어냈어. 불덩어리가 이기는가 싶으면 물기둥이 세지기도 하고, 밀고 당기기가 계속됐지.

물과 불의 싸움이 얼마나 계속됐을까, 이윽고 불덩어리의 기운이 점점 약해지더니 결국 불덩어리는 사라지고 뭔가 '쿵' 하고 떨어지는 소리가 들렸어. 그것은 대들보만 한 지네였어. 그 지네가 두꺼비의 독을 맞고 죽어 버린 거야. 두꺼비도 기운이 떨어져 벌렁 누워 죽어 버렸지.

기절했던 분이가 정신을 차리고 주위를 둘러보니, 옆에 있던 두꺼비가 거품을 물고 죽어 있었어. 오랫동안 자신을 길러 준 분이에게 은혜를 갚은 거지.

날이 밝자 옆 마을 사람들은 제물이 된 처녀의 시신을 치우러 당집으로 올라왔어. 그러다 분이가 살아 있는 것을 보고는 기겁을 했어.

"이기 뭔일이더래. 처니가 우떠케 살아 있소?"

분이는 두꺼비와 지네가 싸운 이야기를 들려줬지. 이야기를 들은 사람들은 모두 두꺼비의 보은으로 처녀도 살고 자기네 마을도 평화로워졌다고 기뻐했어. _ 횡성군 청일면

7-9. 오른손에는 해, 왼손에는 달

옛날 어떤 집에 일 잘하고 배짱이 두둑한 머슴이 있었어. 그 머슴이 어느 날 밤 꿈을 꾸었어. 오색찬란한 무지개가 떴는데 그 무지개를 타고 올라가 한 손엔 해를, 또 한 손엔 달을 잡아 가슴에 품는 꿈이었어. 머슴은 꿈을 깨고도 그 꿈이 너무 생생해 생각만 해도 기분이 좋았지. 머슴은 꿈을 꾼 이후로 자기는 해와 달을 품을 특별한 사람이 될 거라고 생각했어.

그날 이후로 머슴은 한창 바쁜 오뉴월 모내기철에도 나무 그늘에서 낮잠만 잤어. 보다 못한 주인이 야단을 쳤지.

"너는 하라는 일은 안 하고 코까지 골민 낮잠을 자냐?"

"난 꿈만 해도 먹고 살 텐데 왜 일을 합니까?"

"뭔 꿈인데 헛소리나?"

"보통 꿈이 아니이 함부로 말 못해요. 원님이 하라고 해도 할지 말지라."

"그래? 그럼 원님한테 가자."

머슴은 원님 앞으로 가게 됐어. 주인의 이야기를 듣고 원님도 궁금해서 물었지.

"너 이놈, 남의 집 밥만 축내며 일을 안 하면 죄가 되는 줄 모르느냐? 무슨 꿈이기에 이 소동인지 바른대로 말하거라."

"혹 나랏님이라믄 모를까, 여서는 말 못합니다."

결국 머슴은 임금 앞으로 불려 갔지. 그런데 임금이 물어도 대답은 같았어.

"천자가 얘기하라 해도 할지 말지인데 여서 하겠소?"

임금은 화가 나서 소리쳤지.

"이놈을 당장 옥에 가둬라."

옥에 갇힌 머슴은 쥐 떼들이 들락날락하는 것을 멍하니 보고 있었지. 그때 새끼 쥐 한 마리가 발발거리며 다니다 기둥에 머리를 부딪치더니 죽고 말았어. 어미 쥐가 이것을 보고는 쥐구멍에서 금색으로 번쩍이는 자를 가지고 나와 죽은 쥐의 몸에 대니 새끼 쥐가 금방 살아나는 거야. 머슴은 퍼뜩 정신을 차리고 어미 쥐가 물고 있던 황금 자를 얼른 빼앗았어.

며칠 후, 바깥이 소란스럽자, 머슴은 옥지기에게 물었어.

"밖이 왜 이렇게 소란스러우?"

"지금 임금님 외동딸이 죽어 모두 어찌할 바를 모르고 있다."

순간, 머슴의 머릿속에 금자가 생각났어.

"그까짓 거 내가 나가면 당장 살굴 수가 있는데."

마침 옆에서 옥사장이 머슴의 이야기를 듣고는 임금에게 고했어. 임금은 머슴을 불러 딸을 꼭 살리라고 부탁했지.

"이틀 여유를 주시되, 공주님 계신 방에 저 혼자 들여보내 줘야지 됩니다."

공주와 단둘이 있게 되자, 머슴은 금자를 꺼내 공주의 발끝에서부터 치수를 재기 시작했어. 그러자 금자가 지나간 곳에 온기가 돌기 시작하더니, 가슴을 지나자 심장이 뛰면서 공주의 얼굴에 생기가 돌아왔어. 공주는 잠시 후 언제 죽었었냐는 듯 살아났어. 임금은 기뻐서 머슴에게 무슨 소원이든 들어주겠다고 했지. 이때 공주가 말했어.

"아바마마, 저분이 나를 살리면서 제 몸을 다 살피셨는데 제가 누구와 혼인하겠습니까?"

결국 머슴은 임금의 사위가 되었지.

한편 죽은 공주를 살렸다는 소문은 중국에까지 퍼졌어. 그러자 중국의 천자가 사람을 보내 머슴을 데려오라고 명을 내렸어.

"조선에 죽은 사람을 살리는 인재가 있다 하니, 3년 전에 죽은 우리 공주도 살리시오."

머슴은 황당했지. 3년이면 해골이 다 됐을 텐데, 무슨 수로 살리겠어. 하지만 천자의 명을 거역할 수 없어서 머슴은 중국 사신과 함께 길을 떠났지.

백두산을 지나는 도중, 머슴은 호랑이에게 잡혀 동굴에 갇혀 버렸어. 그런데 정신을 차리고 보니, 호랑이 한 마리가 누워 신음하는 것이 보였어. 머슴이 다가가 이리저리 살펴보니 입 속에 비녀가 걸려 있었어. 그는 호랑이 입 속으로 손을 넣어 비녀를 빼 주었지. 그러자 호랑이가 웬 보자기 하나를 가져오더니, 옆에 있던 해골을 문질러 보였어. 해골은 살이 돋아나와 산 사람처럼 변했어. 호랑이는 그 보자기를 머슴에게 주었지. 그것은 죽은 사람을 살린다는 '환생포'라는 보자기였어. 보자기를 받아들자, 호랑이는 머슴을 등에 태우고 순식간에 중국 천자가 사는 궁궐에 내려 줬어. 머슴은 당당하게 천자 앞에 나아가 말했지.

"죽은 지 3년 된 공주님을 지가 살리겠습니다. 공주님의 뼈를 전부 갖다 잘 맞춰 놓고 저 혼자 그 방에 있게 해주시면 됩니다."

머슴은 먼저 환생포로 공주의 유골을 문질렀어. 그러자 해골에 살이 붙었어. 그런 다음 금자로 몸을 재자, 공주는 오랜 잠을 자다 깬 사람처럼 멀쩡하게 살아났어. 천자는 머슴을 사위로 삼았지. 머슴은 조선의 공주에 이어 중국 공주까지 아내로 맞이하게 되었어.

오뉴월 삼복 더위에 부마가 된 머슴이 낮잠을 자다 땀을 흘렸어. 그러자 두 공주가 머슴의 양옆에 있다가 한쪽 발은 금 대야에, 다른 쪽 발은 은 대야에 시원한 물을 넣고 씻겼지. 시원한 느낌에 잠에서 깬 머슴이 흐뭇한 미소를 띠며 중얼거렸어.

"그래, 정말 대단한 꿈이야. 그때 그 꿈이 이렇게 맞아떨어지는구나."

공주들이 물었어.

"무슨 꿈이기에 그렇게 맞았다는 거예요?"

"내가 무지개를 타고 하늘로 올라가 오른손에 해를 쥐고, 왼손에 달을 쥐는 꿈이었소. 그대들이 바로 해와 달이니, 꿈이 맞아떨어진 거 아니고 뭐겠소. 하하하!" _ 횡성군 둔내면

7-10. 개가 젖 먹여 살린 아기

옛날 강원도 어떤 마을에 다정한 부부가 살았어. 부부는 혼인한 지 10년이 넘도록 자식이 생기지 않았지. 등짐장수를 하느라 자주 집을 비우게 된 남편은 아내 혼자 있는 것이 딱했어.

"여보, 혼자 있으믄 적적할 거이니 내 강아지를 하나 데려오리다."

부부는 강아지를 자식처럼 예뻐하며 소중하게 키웠지. 강아지가 무럭무럭 클수록 남편은 자식이 없는 것이 속이 상했어. 아무리 강아지가 예뻐도 자식을 대신할 수는 없었지. 부부는 서로 상의해서 씨받이를 두기로 했어.

그런데 씨받이를 들인 후, 얼마 있지 않아 부인에게 태기가 들었어. 열 달이 지나 아기를 낳는 날, 남편이 집을 비운 사이에 씨받이가 아기를 받게 됐지. 씨받이 여인은 부인이 먼저 아기를 낳으면 자신이 버림받을지도 모른다고 생각했어. 그래서 새로 태어난 아기를 없애 버려야겠다고 생각했지. 부인이 아기를 낳고 정신을 잃은 사이, 씨받이는 아기를 받아서 뒷산 바위 틈에 버렸어.

정신을 되찾은 부인이 아기를 찾았어.

"내 아기, 내 아기가 어디 있나?"

씨받이는 시치미를 딱 떼고 대답했어.

"아기가 죽은 채로 나왔소. 숨도 안 쉬고 울지도 않아서, 그래서 산에 묻었다니."

열흘이 지나 집으로 돌아온 남편은 슬픔에 빠졌지. 그렇게 오래 기다리던 아기였는데 죽어 버리다니, 남편은 슬픈 마음을 추스를 수 없었어. 마루에 우두커니 앉아 그냥 개만 쓰다듬을 뿐이었어.

그런데 개가 바짓가랑이를 잡고 늘어지지를 않나, 컹컹거리며 거세게 짖지를 않나, 갑자기 평소와는 너무 다른 행동을 하는 거야.

"이상하다. 너 왜 생전에 안 하든 짓을 하나?"

아무래도 이상하다는 생각에 남편은 개가 이끄는 대로 따라가 보았어.

"누랭아, 어디를 갈라고 그랜?"

개는 물었던 옷자락을 놓고 앞장서서 뒷산으로 올라갔어. 얼마쯤 올라가 보니 어디선가 아기 울음 소리가 들렸어. 남편은 고개를 갸웃거렸지. '내가 짐승 소리를 잘못 들었나?' 하며 소리 나는 곳으로 갔어. 개는 이미 앞장서서 저만치 떨어진 숲으로 들어갔지. 남편은 자신의 눈을 믿을 수가 없었어. 앞서 갔던 자기 집 개가 갓난아기에게 젖을 물리고 있는 거야. 남편은 그 아기가 자기 아들이라는 걸 한눈에 알아봤지.

"우찌 이런 일이 생기나. 누랭아, 니가 아기를 살렸다."

남편이 아기를 안고 집으로 돌아오자 씨받이 여인은 얼굴이 새파래져서 줄행랑을 쳤어. 산속에 버려졌던 아기는 개가 물린 젖을 먹고 무사히 살아났지. 부부는 아기와 누렁이와 함께 오래오래 행복하게 살았지. _ 양양군 양양읍

8부

효에 관한 이야기, 바리데기 이야기

8-1. 양아들 부부의 효심

옛날 어떤 마을에 딸만 셋을 둔 아버지가 살았어. 딸들을 모두 시집 보낸 아버지는 아들이 없으니 안 되겠다는 생각이 들었어. 그래서 먼 시골에서 양아들을 하나 들여 가지고 있던 재산을 모두 맡겼어.

그런데 시집간 딸들은 친아버지가 일군 재산이 모두 양아들 차지가 되자 억울한 생각이 들었어. 딸들은 한자리에 모여 의논했지.

"우리가 받을 재산이 양자에게 가게 됐시니 우리가 우떤 방법으로든지 그걸 좀 뺏자."

"우떤 방법으로 그걸 뺏나?"

"좋은 방법이 있다."

큰딸이 무릎을 치며 말했어.

"우리가 돌아가믄서 아버이를 극진히 대접을 하자. 내가 먼저 모셔다가 좋은 음식에 대접하구 집으로 돌아가시믄, 둘째 니가 모셔 가서 대접을 하는 거이지. 그다음엔 셋째가 또 모셔 가서 대접하구. 몇 번 그르케 하믄 여하한여하간에 좋은 결과가 있을 거이다."

세 딸은 그날부터 번갈아 가면서 아버지를 자기 집으로 오시게 했어. 그러고는 아버지를 극진히 대접했어.

"나이 드셔서 고생하실 거 없이, 아버이가 낳으신 딸네 댕기믄설라네 이렇게 잡숫고 돌아다니믄 편하고 좀 좋우?"

"딸네 집이 이렇게 슬슬 댕기믄설라네 여생을 보내시래요."

아버지가 생각해 보니, 딸이긴 하지만 그래도 배 아파 낳은 자식이 나은 것 같았어. 결국 아버지는 결심을 하고 양아들 내외를 불렀어.

"너를 내가 양자로 들였지마는 잘못 생각한 거이지. 재산을 팔아서 딸네 집에 가야겠으니깐 고만 파양破養: 양친자 관계를 해소하는 것하자."

아버지는 집과 전답을 모두 팔아 딸 셋에게 나눠 줬어. 파양한 아들에게는 아무것도 주지 않았어. 하루아침에 거지 신세가 된 양아들 가족은 이불 보따리 하나 짊어지고 정처 없이 떠났지.

전 재산을 나누어 준 아버지는 이전처럼 딸들이 자기를 살뜰

하게 대해 줄 것을 기대하고 딸들을 찾아갔어. 하지만 딸들은 언제 그랬냐는 듯, 아버지를 남 보듯 대하며 박대하는 거야. 그제야 아버지는 자신이 잘못 생각했다는 것을 알았지. 후회를 했지만 이제는 수중에 돈 한 푼 없는 거지가 되고 말았어. 머지않아 아버지는 거지꼴이 되어 정처 없이 떠돌아다니는 신세가 되었어. 하루는 아버지가 어떤 우물 앞을 지나다가 웬 여자가 물을 길러 오는 것을 보고 말했어.

"저, 물을 좀 주시우."

여자가 바가지로 물을 떠서 건네는 순간, 눈을 마주친 두 사람은 깜짝 놀랐어. 누더기에 거지꼴을 한 사람은 다름 아닌 이전의 시아버지였던 거야. 시아버지도 파양한 며느리라는 걸 알고는, 물을 마시는 둥 마는 둥 하고 얼른 돌아섰어. 아버지는 얼굴을 들 수가 없었어. 아버지는 바쁘게 걸음을 옮기면서 말했어.

"어이, 너 갈 길을 가라. 나는 너를 볼 낯이 없다."

하지만 며느리는 물동이를 이고 시아버지를 좇아왔어.

"아이고 아버님, 어디를 가세요. 우리 집으로 가시지 않구."

아버지는 할 수 없이 며느리를 따라 양아들네 집으로 갔지. 방 한 칸짜리 흙담집은 겉으로 보기에도 초라해 보였어. 며느리는 시아버지를 아랫목으로 모시고 큰절을 했어. 방 한쪽에는 갓난아이가 자고 있었지. 며느리는 서둘러 나가더니 작은 상에 술

한 병과 김치를 내왔어.

"아버님, 시장하니까는 우선 이 술을 잡숫고 계세요."

마침 시장했던 터라 아버지는 혼자서 술을 따라 마셨어. 빈 속에 빨리 술을 마신 탓에 아버지는 취해서 휘청대다가 그만 쓰러져 버렸어. 그런데, 공교롭게도 방 한쪽에 눕혀 놓은 갓난아이를 덮쳐 버린 거야.

며느리가 부지런히 밥상을 차려 들어와서 보니, 시아버지가 아기 위에 쓰러져 있고 아기는 이미 얼굴이 파랗게 질려 숨이 끊어져 있었어. 며느리는 조용히 아기를 안고 밖으로 나왔어. 때마침 집으로 돌아온 남편에게 여자는 사정을 이야기했지.

"언낸 으뜨케 해믄 좋을까?"

"아버이 모르게 갖다 묻자."

아버지가 눈치챌까 봐 울음소리도 죽여 가며 두 사람은 아기를 안고 뒷산으로 올라갔지. 그런데 땅이 어찌나 단단한지 제대로 팔 수가 없었어. 한참을 팠지만 한 뼘만큼의 땅도 팔 수가 없었지. 양아들 부부가 난감해하고 있을 때였어. 죽은 줄 알았던 아기의 입에서 울음소리가 터져 나왔어. 양아들 부부는 가슴을 쓸어내리면서 아기를 안고 집으로 돌아왔지.

날이 밝자, 양아들은 어제 땅을 팠던 자리로 다시 가 보았어. 땅속을 들여다보니 그 안에는 황금덩이가 들어 있었어. 그것 때문에 아무리 땅을 파도 파지지가 않았던 거지. 양아들네 집은 단박에 부자가 됐어. 자신을 내친 데다 하마터면 자신의 아들까지 죽일 뻔한 양아버지를 끝까지 효성으로 봉양하자, 하늘이 복을 내린 거야. _ 횡성군 횡성읍

8-2. 진짜 효도는 그게 아니야

옛날 어느 마을에 사또가 새로 부임해 왔어. 그 마을에는 오래 전부터 효성과 인품이 뛰어나다고 명성이 자자한 곽씨 집안이 있었지. 그래서 사또로 부임하면 먼저 곽씨 대감에게 인사를 하러 가는 것이 관례처럼 되어 있었어. 하지만 새 사또가 부임했을 때는, 곽씨가 너무 콧대가 높아 마을 사람들은 물론 사또까지 제 맘대로 하려 했지. 신임 사또는 미리 곽씨 집안의 흠집을 잡아 그 기세를 먼저 꺾어야겠다고 생각했어. 곽씨 집안을 낱낱이 조사하던 사또는 무릎을 '탁' 쳤어. '옳지, 저거면 되겠다.' 사또는 곽씨 집에 인사하러 가는 대신 사람을 시켜 전갈을 보냈어.

"곽씨 집의 아들은 관아로 들어오시오."

곽씨 집안의 아버지와 아들은 새 사또가 인사도 오지 않고, 사람을 부르는 것이 괘씸했지만 원님이 오라 하니 안 갈 수야 없었지. 사또는 반갑게 아들을 맞아 음식을 대접하며 이런저런 이야기를 나누었어. 그러다 사또가 아들에게 물었지.

"양친께서는 모두 무고하시지요?"

그러자 아들이 대답했지.

"아닙니다. 아버님 혼거루혼자 계시우."

"혼자된 지 몇 해나 되셨소?"

"한 10년 되었소."

그러자, 사또가 버럭 화를 내며 형방을 불렀어.

"뭣이? 아버지를 10년이나 혼자 계시게 했단 말이냐? 여봐라, 이놈을 당장 잡아다 곤장을 쳐라. 효도는 무슨 놈의 효도, 양반은 무슨 놈의 양반. 쌍놈이나 매일반이다!"

사또는 곤장을 치라고 으름장을 놓았지.* 양반은 아무리 잘못을 해도 태장이면 되는데 말이야. 곤장을 맞은 아들은 분해서 몸을 사시나무 떨듯 떨었어. 그리고 이를 갈면서 다짐했지.

"내 이놈을 봉고파직시키고 말리라!"

아들이 난데없이 곤장을 맞고 돌아오자 아버지가 물었어.

"사또가 뭐이라 하고 곤장을 치나?"

"제가 '아버님이 혼거루 10년 계셨다' 했더이, 쌍놈이라 하민

* 매를 치는 것은 같지만 곤장은 마구잡이로 치는 매로 시정잡배들을 다스리는 방법의 매. 한편 태장은 형틀에 묶어, 말하자면 격식에 맞춰 치는 매 정도로 구분할 수 있다.

서 곤장을 칩니다."

그러자 아버지가 갑자기 무릎을 '탁' 치며 껄껄 웃었어.

"하하하, 인제야 사람의 자식 같은 원님이 왔구나."

같이 화를 낼 줄 알았던 아버지가 큰소리로 웃자 아들은 깜짝 놀라 아버지를 쳐다봤어. 아버지는 웃는 얼굴로 말했어.

"늬들이 효자여. 하지만 아무리 효자래두 한 이불 쓰는 사람만 못한 거이다. 아무리 나쁜 마누라라고 히도 말이다. 그라이 원님이 그르키 말한 것이지."

신임 사또의 지혜로 곽씨 양반은 부인을 얻고 아들들은 제대로 효도를 하게 됐지. 이후로 곽씨 집안이 사또에게 꼼짝 못하게 된 것은 말할 필요도 없고 말이야. _ 양양군 손양면

8-3. 천년두골(千年頭骨)에 쌍룡수(雙龍水)

옛날 아들 둘을 둔 어머니가 병이 들었어. 어머니는 앞도 못 보고 걸을 수도 없었어. 큰아들은 마을에서 용하기로 소문이 자자한 의원이었지만, 제아무리 명의라 해도 어머니의 병은 고칠 수가 없었어. 보다 못한 작은아들은 불공이라도 드려야겠다는 생각에 어머니를 업고 산속에 있는 절로 향했어. 날도 뜨거운데 어머니를 업고 좁은 산길을 오르다 보니 작은아들은 온몸이 땀으로 흠뻑 젖었어. 그때 어머니가 말했어.

"야야, 목 좀 축이고 쉬어 가자이."

작은아들은 어머니를 그늘에 앉히고 물을 찾아 산속을 헤맸어. 아무리 둘러봐도 물을 찾을 수가 없었어. 그러다 수풀 더미 속에서 물이 고여 있는 해골을 발견했어. 해골 속에는 지렁이 두 마리가 빠져 있었지. 작은아들은 꺼림칙했지만 다른 방도가 없었어. 급한 대로 지렁이를 건져 내고 어머니께 갖다 드렸지. 어머니는 그 물을 아주 달게 마셨어. 작은아들은 다시 길을 재촉했어.

"어머이, 이젠 가더래유."

그렇게 또 한참을 올라가고 있는데 갑자기 어머니가 큰소리로 외쳤어.

"야야, 희안[희한]타. 갑재기 눈이 버언하게 비킨다. 눈이 점점 훠언하네이."

작은아들은 깜짝 놀라 업었던 어머니를 내려놓고 물었어.

"증말이더래유? 그럼 이기 뭔 낭구[나무]더래요?"

"야야, 그기 소낭기잖아. 다 비킨다. 길도 훤히 비킨다."

어머니의 목소리에 생기가 돌았어.

"야, 인젠 집으루 가자."

어머니를 업고 집으로 향하는 작은아들의 발걸음이 날듯이 가벼웠어. 동네 어귀에 들어서니 어머니가 언제 아팠냐는 듯 큰소리로 말했어.

"내 걸어서 들어가야겠다."

형은 업혀 나갔던 어머니가 제 발로 걸어 들어오자 깜짝 놀라 동생에게 물었어.

"너 으뜨케 어머이 병을 곤치가 오나?"

형이 묻자 동생이 신이 나서 대답했어.

"어머이가 목이 타는데 산은 깊지, 물은 없지. 그러다 물이 담긴 해골을 봤는데 거기에 지랭이 두 마리가 빠져 있었소. 할 수 없이 그걸 건져 내고 물을 갖다 드렸소. 어머니가 그 물을 달게 드셨는데, 그러드이 하마 이렇게 병이 싹 나았소."

형이 무릎을 '탁' 치며 말했어.

"그려, 천년두골千年頭骨에 쌍룡수雙龍水가 약인 줄은 내가 알고 있었지만 그것을 구할 수가 없었다. 아마 네 효심이 지극해서 산신령이 그것을 주신나 부다."

하늘이 내린 약으로 말끔히 병이 나은 어머니는 두 아들과 오래오래 행복하게 살았지. _ 횡성군 청일면

8-4. 바리데기 이야기 ①—태어나자마자 버려진 바리데기

먼 옛날, 불나국이라는 나라에 오구대왕이 있었어. 인물과 능력이 빼어난 이 젊은 임금은 열일곱 살이 되어 왕비를 맞게 됐지. 오구대왕은 온 나라를 뒤진 끝에 신붓감으로 갈대부인을 찾아내고는 한눈에 반해 버렸어. 그런데 택일을 맡은 신관이 한 해만 기다려 혼인을 하면 오래도록 길할 것이라고 말하면서 혼인을 미루라는 거야. 하지만 하루라도 빨리 갈대부인을 데려오고 싶은 마음에 오구대왕은 신관의 말을 무시하고 혼인식을 올렸지.

여러 해가 지나도록 자식이 없던 갈대부인은 어느 날 품 안에 달이 솟고, 복숭아꽃 한 가지를 꺾는 태몽을 꾸었어. 그리고 열 달 만에 공주가 태어났지. 오래 기다린 끝에 딸을 낳았으니 임금은 기뻐서 말했어.

"공주를 낳았으니 세자인들 못 낳겠소. 비단이불 덮어 귀하게 키웁시다."

왕은 첫딸에게 달이공주라는 고운 이름을 지어 주었어.

다시 세월이 흘러 갈대부인이 두번째 아이를 낳았는데 이번에도 딸이었어. 왕은 둘째딸 이름을 별이공주라 지어 주고 사랑해 주었지. 그러나 다음에도, 그다음에도 자꾸 딸을 낳아 딸이 여섯이 되자, 아들을 기다리는 오구대왕은 수심에 싸였어.

왕비는 왕이 세자 보기를 간절히 원하는 것을 알고, 깊은 산속 절에 머물며 제발 아들을 낳게 해달라고 치성을 들였지. 그러던 어느 날, 왕비는 아주 이상한 태몽을 꾸었어. 궁궐 대들보에는 청룡과 황룡이 엉켜 있었고 왕비는 오른손에 보라매를, 왼손에 백마를 쥐고 있는 꿈이었어. 태몽을 들은 오구대왕은 기뻐하며 말했지.

"옳거니, 이번엔 반드시 세자 대군을 보겠구나."

마침내 기다리고 기다리던 아기가 태어났어. 왕비는 누운 채로 가슴을 졸이며 시녀들에게 물었어.

"아들이냐 딸이냐?"

출산을 돕던 시녀들이 모두 엎드려 흐느끼며 말했지.

"왕비마마, 황공하나이다. 이번에도 공주마마이옵니다."

왕비는 왕이 실망할 것을 생각하자 하늘이 무너져 내리는 것처럼 아득했어. 차마 이 사실을 왕에게 알릴 수 없었지.

한편 오구대왕은 며칠이 지나도록 내전에서 소식이 없자, 초조하기 이를 데 없었지.

"여봐라, 내전에서는 아무 소식이 안 왔느냐?"

결국 일곱째도 딸인 것을 알게 된 오구대왕은 마침내 그동안 참았던 화를 터뜨렸어.

"내 전생에 죄가 많아 천지신명께서 일곱째마저도 딸을 점지하셨구나. 그 아이는 보기도 싫으니 함에 넣어 바다에 떠내려 보내라."

죄인 아닌 죄인이 된 왕비는 마음이 찢어질 듯 아팠지만, 왕의 명령을 따를 수밖에 없었지. 왕비는 아기에게 고운 옷을 입힌 다음, 옷고름에 이름과 생시를 적어 떠나보내며 속삭였어.

"내 딸아, 네 이름은 '바리데기'란다. 내 살아서도 죽어서도 그 이름을 잊지 못하리라."

8-5. 바리데기 이야기 ②—바리데기 돌아오다

바리데기를 바다에 버린 후 오구대왕의 얼굴에서는 웃음이 사라졌어. 그러다 결국은 병이 들어 앓아누웠지. 세상의 용하다는 의원은 다 부르고, 좋다는 약은 다 써 봤지만 왕은 자리에서 일어나지 못했어. 숨만 붙어 있을 뿐, 죽은 사람이나 다름없었지.

그러던 어느 날, 도승 한 분이 시주를 받고 떠나면서 왕비에게 말했어.

"왕의 병은 일곱째 공주를 버린 탓으로 하늘이 내린 것입니다. 왜 그 아이를 찾지 않습니까?"

왕비는 깜짝 놀랐지만 이내 눈물을 흘리며 말했어.

"벌써 15년 전에 그 아이, 바리는 죽었답니다. 살았을 리가 없어요."

"안타까운 일이군요. 서천서역 땅 너머 저승 입구를 지키는 동수자의 약수만이 왕을 살릴 수 있는데… 그 약은 세상에서 버림받은 사람만이 구해 올 수 있는 약입니다."

왕을 살릴 약이 있다는 것을 알게 된 왕비는 신하들을 불러 놓고 말했어.

"저승에 가서 동수자의 약수를 구해 오면 전하를 살릴 수 있다고 합니다. 제발 살려 주시오."

하지만 아무도 나서는 사람이 없었지. 아무리 왕을 구하는 일이라 해도 저승 가는 일에 누가 감히 나설 수 있겠어. 왕비는 답답한 마음에 여섯 공주에게 부탁했어.

"얘들아, 동수자의 약수를 구해 오면 아버지를 살릴 수 있다는구나."

여섯 공주는 손사래를 치며 말했어.

"어머니, 그런 무서운 말씀은 하지도 마세요. 궁궐 바깥이라고는 나가 보지 못한 우리가 서천 땅 저승길을 어찌 간단 말이에요?"

더없이 사랑을 받으며 자랐지만 정작 아버지의 병에 냉담한 딸들을 보니, 왕비는 갑자기 바리데기 생각이 나서 견딜 수가 없었어.

"바리야, 바리데기야, 너를 볼 수 있다면 얼마나 좋겠니."

그때, 그 모습을 지켜보던 시종 하나가 나서며 말했어.

"왕비마마, 제가 바리데기 공주님을 찾아 모셔 오겠습니다."

시종은 왕비에게 절을 하고 바리데기를 찾아 나섰어. 시종이 바리데기를 찾아가는 동안 까치들이 줄곧 그에게 길을 알려 줬어. 이윽고 시종은 바리공덕 할아비와 할머니가 사는 서촌 마을에 닿았지. 바리공덕 할아비 내외는 바닷가에 떠내려온 바리공주를 데려다 정성을 다해 키웠지. 시종은 옷고름에 적힌 바리데기의 이름과 생시를 보고 오구대왕이 버린 일곱째 공주가 틀림없다는 것을 알았어. 시종에게 그간의 사정을 모두 들은 후, 궁궐로 들어온 바리데기는 꿈에도 그리던 어머니와 아버지를 만났어. 하지만 왕비는 오랜 마음고생으로 시들었고, 아버지의 얼굴에는 저승꽃이 피어 있었지. 바리데기는 어머니 가슴에 안겨 오열했어.

"어머니, 젖도 한 모금 빨아 보지 못하고, 가슴에 한 번 안겨 보지도 못한 바리데기가 왔어요. 단 한 번이라도 이렇게 어머니 품에 안겨 보기를 얼마나 꿈꿔 왔는지 몰라요."

왕비는 바리데기를 왕에게 데리고 갔어.

"전하, 눈을 뜨십시오. 15년 전에 전하가 버린 바리데기가 이렇게 살아왔어요."

말이 끝나기가 무섭게 왕은 눈을 번쩍 뜨고 바리데기를 쳐다

봤어. 그러더니 서로 끌어안고 대성통곡을 했지.

"내 딸, 바리데기가 맞느냐. 너를 버린 벌로 이렇게 병을 얻었지만, 죽기 전에 너를 보았으니 이제 여한이 없다."

바리데기는 죽어 가는 아버지를 살리기 위해 다시 길을 떠나기로 결심했어. 자신이 서천서역국에 가서 동수자가 지키는 약수를 떠오겠다는 거야.

"어머니, 아무리 길이 험해도 반드시 저승 땅에 가서 아버지를 살릴 약수를 구해 오겠어요."

왕과 왕비, 신하들이 모두 말렸지만, 바리공주의 결심을 막을 수 없었지. 마침내 바리데기는 남장을 하고 기약 없는 먼 길을 떠났어.

8-6. 바리데기 이야기 ③—서천서역 땅의 약수를 구하다

서천서역국이 어디인지, 어디로 가야 하는지도 모른 채 바리데기 공주는 그저 서쪽으로, 서쪽으로 발걸음을 옮겼어. 황량한 들판과 어두운 숲을 지나가면서 미끄러지고 넘어지고, 손발은 가시덤불에 긁히고 옷은 누더기가 되어 갔지. 나무 열매와 솔잎으로 허기를 달래고 바위틈이나 가랑잎 더미 위에서 잠을 잤어. 열흘씩, 스무날씩, 사람 그림자 하나 만나지 못하는 날이 많았지. 이윽고 깊은 산속으로 접어들었을 때, 바리데기는 한 백발노인을 만났어. 노인은 끝도 없이 넓은 밭에서 소를 몰아 김을 매고 있었지. 바리데기가 다가가 물었어.

"할아버지, 서천서역 저승 땅에 가려면 어디로 가야 하나요?"

그러자 노인은 귀찮다는 듯 퉁명스럽게 대답했어.

"내가 밭 갈고 있는 게 안 보이냐? 밭 가는 일이 너무 바빠서 갈쳐 줄 수 없다."

"그 밭은 제가 갈아 드릴 테니 서천서역국 가는 길을 알려 주세요."

그러자 노인은 바리데기에게 소의 고삐를 쥐여 주고는 곧장 나무 아래 누워 잠이 들어 버렸어. 쟁기라고는 한 번도 잡아 본 적이 없는 바리데기는 밭을 갈려니 너무 힘이 들었어. 한 고랑을 간신히 매고 나서 주저앉아 버렸지. 그때 갑자기 북쪽 하늘에서 오색구름이 모이고 돌개바람이 불더니, 난데없이 소 같기도 하고 호랑이 같기도 한 짐승 수백 마리가 달려왔어. 짐승들은 말릴 틈도 없이 마구 이리 뛰고 저리 뛰고 하면서 사방 가득 먼지를 일으켰지. 넋이 나갔던 바리데기가 정신을 차리고 보니, 짐승들은 간 곳이 없고 드넓던 밭은 어느새 다 갈아져 있었어. 그러자 자고 있던 노인이 깨어나 이렇게 말했어.

"기특한 아이로구나. 서천서역국을 가려거든 저기 산을 넘어 들판을 지나, 왼쪽 길로 가거라."

그 사이, 이승의 시간은 이미 3년이 지나 있었지. 노인이 가르쳐 준 대로 한참 가다 보니, 이번엔 끝도 없이 높은 봉우리들이 앞을 가로막았어. 바리데기는 어디로 가야 할지 몰라 두리번거리다, 멀리 냇가에서 혼자 빨래를 하는 노파를 발견했어.

"할머니, 서천서역 저승 땅을 가려면 어디로 가나요?"

할머니는 버럭 성질을 내며 말했어.

"빨랫감이 이리 쌓여 있는 게 안 보이냐? 바빠 죽겠는데 그런 걸 묻다니."

그러자 바리데기는 말없이 할머니의 빨랫감을 받아 빨기 시작했어. 할머니가 바리데기의 뒤통수에 대고 말했지.

"검은 건 희게 빨고, 흰 빨래는 검게 빨아라."

얼음같이 찬 물에 빨래를 하는 건 쉽지 않았어. 검은 빨래는 열심히 빨면 희게 되는데, 흰 빨래를 검게 할 방법이 없었지. 바리데기는 생각 끝에 진흙과 나뭇잎과 열매를 뒤섞어 검은 물을 들이면서 빨래를 했지. 빨래를 끝내고 보니 노파가 양지에 웅크리고 잠들었는데, 커다란 노파의 몸에 온통 이가 굼실굼실 기어다니는 거야. 바리데기는 노파 옆에 앉아 이를 하나하나 다 잡아 주었지. 잠이 깬 노파는 바리데기의 손에 삼색 꽃이 핀 꽃가지와 금색 방울을 쥐어 주며 말했어.

"착한 아이구나. 저 산을 돌아 곧장 가서 열두 고개를 넘으면 나루터가 나올 게다. 거기서 배를 타거라. 그리고 이것은 어려운 일이 생겼을 때 쓰거라."

이승의 시간은 또 3년이 지났어. 바리데기는 노파가 알려 준 대로 열두 고개를 넘었어. 할아비 죽은 짝지고개, 할머니 죽은 망녕고개, 총각 죽은 몽달고개, 처녀 죽은 보따리고개, 시아버지 죽은 호령고개, 시어머니 죽은 잔소리고개, 아이 죽은 사랑고개, 손주 죽은 처실고개, 며느리 죽은 조실고개, 사위 죽은 도둑놈고개, 나무 많아 청산고개, 돌이 많아 돌산고개. 고개마다 귀신이 울면서 붙잡았지만 바리데기를 막을 수는 없었지.

열두 고개를 넘자, 이윽고 누런 물결이 굽이치는 큰 강이 나타났어. 그것은 바로 산 사람은 못 건너고 죽은 영혼만이 건너갈 수 있다는 황천이었지. 나루터를 찾아가니 배가 한 척 떠 있는데, 나루를 지키는 병사들이 바리데기를 막아섰어.

"여기는 인간이 이를 곳이 아니니 썩 물러가라."

그때 바리데기가 할머니에게 받은 삼색 꽃가지를 흔들어 보이자, 병사들이 배를 내어 주었어. 그 꽃은 저승을 오가는 저승사자의 표식이었던 거야. 배를 타고 얼마나 갔는지, 바리데기가 아득했던 정신을 차리고 보니, 어느새 낯선 땅에 닿아 있었어. 배에서 내려 또 한참을 가자, 이번엔 온통 쇠로 뒤덮인 뾰족한 성이 앞을 가로막았어. 바리데기는 이번에도 삼색 꽃가지를 흔들어 보았어. 그 순간, 성이 쇳물처럼 녹아내리면서 그 안에 갇혀 있던 혼령들이 쏟아져 나오는 거야. 눈 없는 영혼, 팔다리 없는 영혼, 목 없는 영혼들이 모두 나와 자기 한을 풀어 달라고 애원을 했어. 바리데기는 그 모습이 너무 불쌍해서 두 손을 모으고 영혼들이 극락왕생하게 해달라고 정성껏 빌었어. 그러자 혼령들은 쇠로 덮인 성에 갇혀 있던 자신들의 한을 풀고 훨훨 날아갔지.

그러나 아직 약수를 구하지 못한 바리데기는 다시 걸음을 재촉했어. 한참을 가다 보니 앞에 세 갈래 길이 나타났어. 지옥 가는 길은 검붉은 소용돌이로 용솟음치고 있었고, 극락길은 노란색으로 밝게 빛났지. 그리고 은하로 들어가는 길은 은빛 별들로 반짝였어. 바리데기는 물길을 건널 방법을 궁리하다가, 할멈이 준 금색 방울이 생각났어. 얼른 방울을 꺼내 물에 던지자, 오색 무지개가 피어올랐어. 바리데기는 무지개를 타고 물을 건너 마침내 동수자가 있는 동대청에 도착했어. 동수자는 원래 천상에 있는 사람이었는데, 옥황상제에게 죄를 짓고 내려와 동대산 약수를 지키고 있었지. 그의 죄는 인간 세상의 처녀를 만나 아들 삼형제를 낳아야만 풀릴 수 있었어.

바리데기는 동수자에게 자신이 찾아온 이유를 말했어.

"저는 이승 땅 불라국 오구대왕의 일곱째 왕자 바리입니다. 부왕의 병을 고치려고 약수를 찾아 먼 길을 왔습니다."

동수자가 그 기색을 살펴보니 차림새는 남자지만, 말소리와 몸가짐이 이상하다고 느꼈어. "먼 길에 고생했습니다. 행색이 말이 아니니 몸부터 씻으시지요."

동수자는 바리데기를 은하수가 흘러내리는 연못으로 안내하고 자신은 몰래 숨어 지켜보았지. 아니나 다를까, 바리데기가 주위를 살피며 옷을 벗는 것을 모니 영락없이 처녀의 몸이었어. 동수자는 슬쩍 바리데기의 옷을 들고 서서 목욕이 끝나기를 기다렸어. 옷이 없어진 것을 안 바리데기가 당황해하며 말했어.

"동수자님, 제 옷을 주세요."

"내 청을 들어주면 옷도 주고 약수도 주겠소."

"그 청이란 게 뭔가요?"

"나와 혼인해서 아들 셋을 낳아 주오."

바리데기는 당장 약수를 구해 아버지에게 가고 싶었지만 어쩔 도리가 없었어. 그날로 동수자와 혼인을 했지. 두 사람은 하늘과 땅을 집으로 삼고 해와 달을 촛불로 삼고 고목으로 원앙금침을 삼아 살기 시작했어. 바리데기는 3년 만에 아들 셋을 낳았어.

"동수자님, 약속대로 아이 셋을 낳았으니 이젠 제게 약수를 주세요."

동수자는 바리데기를 이끌고 '생살문'이라는 글자가 새겨진 커다란 돌문을 밀었어. 그 안에는 형형색색의 꽃이 피어 있었고 그 가운데 커다란 거북 형상을 한 바위가 놓여 있었지. 그 거북바위의 눈 부분에서 물이 한 방울씩 떨어져 내리고 있었어.

'아, 저 물이 약수로구나.'

바리데기는 한 방울 한 방울 약수를 받았어.

8-7. 바리데기 이야기 ④—저승길의 동반자, 바리데기

바리데기가 약수를 받아들고 되돌아오자, 동수자는 흔적도 없이 사라진 뒤였어. 죄가 풀려 하늘나라로 돌아간 거지. 바리데기는 아들 셋을 안고 업고 걸려서 부모가 기다리는 불라국으로 향했어. 긴 여정 끝에 불라국에 도착한 바리데기는 논밭에서 일하는 백성들의 이야기를 들었어.

"여보게들, 오구대왕님 상여가 나간다는데 가 봐야지?"

바리데기는 깜짝 놀라 멈춰서 물었어.

"대왕님 상여가 나간다고요? 오구대왕님이 돌아가셨단 말인가요?"

"대왕님이 돌아가신 건 3년 전이더래요. 그동안 막내 공주를 기다렸는데 이제야 장례를 치른다고 합니다."

바리데기는 온몸의 기운이 빠졌어. 눈물범벅이 된 바리데기는 아이들을 데리고 궁이 있는 언덕으로 달려가기 시작했지. 멀리 상여가 보이자, 바리데기는 상여 행렬을 따라잡고 매달렸어.

"아버지, 여기 딸 바리가 약수를 구해 왔어요. 여러분, 우리 아버지 모습을 보게 해주세요."

멀리서 이 모습을 보고 달려온 갈대부인은 바리데기를 끌어안고 통곡하며 말했어.

"내 딸 바리데기야, 네가 죽지 않고 살아왔구나. 아무렴, 너도 아버지 마지막 모습을 뵈어야지."

상여가 멈춰지고 관 뚜껑이 열렸어. 바리데기는 아버지를 쓰다듬으며 말했어.

"아버지, 서역 만 리 저승에서 약수를 구해 오다 보니 9년이 걸렸어요. 어서 일어나서 저를 보세요."

바리데기는 눈물을 흘리며 품에 간직했던 삼색 꽃가지를 꺼내 아버지를 쓰다듬었어. 그러자 오구대왕의 뼈와 살이 살아나더니, 피가 돌면서 안색이 붉어졌어. 바리데기는 병을 기울여 아버지 입에 약수를 흘려 넣었어. 그러자, 오구대왕이 크게 숨을 토해 내더니 눈을 번쩍 뜨고 일어나 앉았어. 죽은 사람이 살아난 것을 눈으로 직접 본 사람들은 입을 다물 수 없었지. 갈대부인과 오구대왕은 바리데기를 끌어안고 기쁨의 눈물을 흘렸어.

오구대왕은 바리데기에게 온갖 부귀와 벼슬을 주었어. 하지만 바리데기는 모든 것을 물리치고 오구신이 되기로 했지. 이승을 떠날 수 없는 영혼들의 한을 풀어 주고, 편하게 저승길을 인도하는 오구신 말이야. 사람들은 이제 영혼이 육신을 떠나 저승으로 들어가는 날, 바리데기를 만나 편안하게 저승으로 들어갈 수 있게 되었어. _ 명주군 사천면